謹以本書獻給：
所有曾經幫助過我的人，
以及遠在他方默默祝福我的陌生人。

如果你有緣翻開這本書，
不管心情如何，
我都希望你可以感覺到這世界溫暖有愛！

如果我們有緣在路上相遇，
別忘了來找我握個手，
我會感到很幸福的。

推薦文

「星星王子犧牲他的一隻腳，提醒我們珍惜幸福的當下，無論多困難的遭遇，讓自己活得樂觀、快樂，是沒人能剝奪的權利。」

——《好人，也該擁有好人生》等知名暢銷書作家、廣播主持人 **吳若權**

「星星王子的經歷，讓我想起心中非常崇拜的自由車傳奇人物—藍斯．阿姆斯壯，從抗癌成功到環法連霸的精采人生，是那麼樣的令人感動。有時，在人生路上不小心摔一跤，重新站起來，勇敢面對，未來的路會有意想不到的璀璨。祝福星星王子！」

——世界奧運跆拳道金牌、手工皂專家 **陳怡安**

「王子的笑聲和熱情，是他一貫的特色。乍然出現的死亡沒有擊垮他，反而讓他更為堅強。當時，我們以為將要失去一位好朋友了，他卻以毅力奇蹟的康復了。我深深以認識王子為榮，希望這本書也帶給你認識他的機會。」

——知名主持人、《戀愛英文ABC》作者 **聶雲**

「生命是脆弱的，但是意志可以很堅強，星星王子以置死地而後生的抉擇，扭轉了他的命運之舵，如何看待『脆弱與堅強』這一體兩面的生死搏鬥或者相倚持扶？這一本書表達了人類心靈最大的勇氣與取捨。」

——作家、時報出版公司副總編輯 **心岱**

「當我正在為邁向三十而感到無力而開始抱怨，星星王子這個從死神手上逃回來的人，所帶給我們的禮物，讓我閉上了嘴巴，他用生命所寫下的文字，讓人深省，也讓我體會愛和感動。」

——《趙大鼻抗癌日記》作者 **趙大鼻**

「活著本身就是最好的禮物，這本書就是王子送給我們一起珍惜生命的禮物。我還記得到加護病房看他的時候，王子一直笑，邊說『很好，哈哈！很好。』不只如此，他還拿切割出來的瘤照片給我看，生動地形容事情是怎樣怎樣發生…怎麼怎麼令人措手不及……。

王子變了，他變得更熱情，更願意與人分享。他本來就博學多聞，常常在各種節目中發表他在星座上的特殊見解，但那個時候的他，總還有一點客氣，多一點壓抑。我曾經問過他，為什麼多年前買到過一本他寫的星座書，之後就很少看到他再出書呢？王子淡淡一笑，表示文章是千古事不該亂寫，我知道他非常在乎自己每一次的表現，每一個作品。相較於現在，王子以前顯得較躊躇、猶豫，經歷生死大關回來，他更加豁達，珍惜生命，且更願意與我們分享。這本書正是他與我們分享的生活感動。

王子失去了左腳，卻更願意陪我們每一個人，走一段路。因為這本書，我們要更開心地一起走，王子，我們都是你的左腳！」

——如果兒童劇團團長、知名藝人、主持人 **趙自強**

「在癌症協會服務，常看到重症病友，勇敢走出來，體內不好的細胞，自然會慢慢逆轉為快樂的細胞，這個康復秘訣，星星王子他完全做到了！我們敬佩他用寬容的心，看待自己被老天揀選試煉，勇敢走出來，再創新生命。在此祝禱每一個人，都能從他的書中，照見自己的健康人生。」

——中華國際癌病康復協會秘書長 **葉凱倫**

「星星王子的劫後人生，截後人生，說是分享，有些隱忍；說是珍貴，超出想像，這是本你買在手裡，讀進心裡的書。」

——齊石傳播總經理 **尹慧文**

「星星王子的經歷，不是每個人都會有的。非常欽佩他能勇敢得再站起來，跟大家分享他的智慧以及生命觀。看了星星王子的文章，有種莫名的感動。想跟他一起說：活著，真的很好！」

「走過人生大難，星星王子對生命的體悟，平實中有深沉的智慧，牽動著我幽微的思緒，幾次掩卷仰天長思。活下去的戰鬥力『在在都是一點一點的，將活下去這件事情，注入我的身體及心理。』是的！只有行過死陰幽谷的人，更能

——插畫家 **江長芳**

展現生存最純粹的意義。讀過《我的左腳》，從此，我們每一天，即使只是一句『早安』，也會說得真心實意、聽得滿心歡喜，因為這就是生命祝福的『星光』！」

——《中國孩子的疑問》《兒童讀論語》作者 **金多誠**

「王子醒來後，我對他說的第一句話是：『想見我可以直接約我，不要用這一招』哈，然後兩人相視大笑……是啊，我們總是將身邊最親近的人放在後面，用許多藉口遮掩真正應該去在乎的事。王子突然病危給我好大的震撼，讓我試著停下腳步思考：我的生活以及這一生最重要的課題：生命是單行道，不能再重來，相信王子的故事一定會感動你，也能讓我們更能掌握幸福、珍惜幸福。」

——美商NVIDIA 業務經理 **陳宏杰**

「有句名言：『上帝關了你一扇門，必會為你開一扇窗！』這句話有人聽懂，有人沒聽懂。真正聽懂的，看到一條更寬遠的道路與風景，另一個沒聽懂的，倒退幾步，往窗口跳了出去了……這世界，每一件發生在我們身上的事，都是有目的與意義的。我相信王子收到老天爺真正要告訴他的訊息。『沒有受過傷的人，沒資格取笑別人的傷疤。』（摘自《羅密歐與茱麗葉》）在生命的盡頭晃了一圈再回來，星星王子是相當有資格寫這本書的，感謝他大方分享感受，讓我們有機會學習用不同角度看世界，享受生命無限美好的道理。星星王子，我們以你為榮，我要獻上我無限的祝福與愛。」

——知名藝人、專業瑜珈教師　**丁　寧**

「王子就像一顆星星，平凡但是閃爍。人生的高低起伏，讓他能既勇敢又內斂的看待一切。當他分享個人體驗的同時，也能幫助大家對人生有全新的感動。」

——矽谷電腦公司 資訊長　**王正清**

「不知道在那篇文章中讀到了以下的句子，想要跟王子分享：『就算你不快樂也不要皺眉，因為你不知道誰會愛上你的笑容！』王子你這麼勇敢，一定要堅持下去，加油！」

——Pure Yoga / Marketing Manager Connie Chou

「雅雅（星星王子老婆）說的，說王子是上天派來的天使…

穿上防塵衣，進到加護病房，實在不知道要說什麼，所以只說了北安老師交代的一句話：『等你一起演舞台劇喔！』

因為，呆住…

那個在後台送我粉水晶祝我演出成功的人，
那個在休息室教我們玩骰子又當起莊家狂贏我們錢的人，
那個平常斯文的像王子喝起酒來卻像個小孩子的人，
那個在九二一地震後第一個打電話到我們家詢問狀況可好的人，
怎麼，會是眼前蒼白的這個人…
好險，可以繼續看到他的一週星座運勢分析，好險啊！
但是，現在的這個王子變的有點不一樣了，怎麼說呢，他…怪怪的！
記得和公司的師姊一起去病房看他，師姊說了一句話：『那你這樣以後只要買一隻鞋就行啦！』（可以想像我有多尷尬吧，連冒下來的汗都三條線了，我只能在心裡狂喊：『師姊，你的幽默我不懂啦！』）結果，這位怪怪的王子居然說：『沒關係，義肢也可以穿啊！』（我說，你們的對話也太…正面了吧！）
最近這次，公司尾牙，工作人員細心的做了獎狀要送給我們這些藝人，真是貼心啊，慰勞我們這一年的辛苦……讓我們歡迎星星王子，恭喜他得到的獎是一支（義肢）獨秀獎…（正在吃飯的我差點連膽汁都吐出來啦，蝦米碗糕啊，要玩那麼大就對啦！）結果，這位怪怪的王子領完獎後下一秒做的動作是…開心的單腳跳！
很棒吧！
我想這位王子之所以怪怪的，是因為他變的更豁達了吧，套一句他自己說的…沒在怕的啦！我想，他真的是上帝派來的天使，而且還跟B612號星球的小王子是麻吉！」

——藝人 **鍾欣凌**

「我有幸能參與王子的後段人生，他的耿直，他的無私，他的真誠，他的大愛，深深感染著我。希望這本書，能感動你我的心。」

——星星王子助理 **王小批**

「看到熟悉卻又沒有知覺的陌生【大哥】躺在冰冷的加護病房，主治醫生匆匆的離開醫院，生命在這些【看太多】的醫生心裡，也許早已麻木。這一連串的折磨，失去了不該失去的腿，卻站得比以前更挺、更直、也更令人尊敬。請您隨著王子的文字一同陪著他再活起來吧！」

——獸醫師、動物行為專家 **戴更基**

「【樂觀】在王子的身上不是形容詞，是起而言的動詞，【愛】在王子的生活中不是口號，是分分秒秒在實踐的準則，如果你曾經與王子面對面，看著他的眼睛，聽他口中那些誠摯的、溫暖的、鼓舞人的話語，你不會相信，他只有一隻腳。你不會相信，他曾經在病榻中，差點失去他的生命。何其幸運的我們，可以不需要經歷那些辛苦的考驗，卻能夠透過王子的文字，深切的感受到：【愛】，在我們的生命中，是唯一的追求啊！活在紊亂世代的我們，讓我們好好去愛吧！」

——藝人 **李淑楨**

「王子是我的好友，在去年的危難後，他還是一貫的開朗、樂觀，甚至反過來為我的事業打氣，更定下騎車環台的計畫，這是非常不容易的。王子不但是星座的專家，更是生命的勇者，非常值得我們學習，推薦給所有的朋友分享！」

——捷洲資訊 總經理 **游東曉**

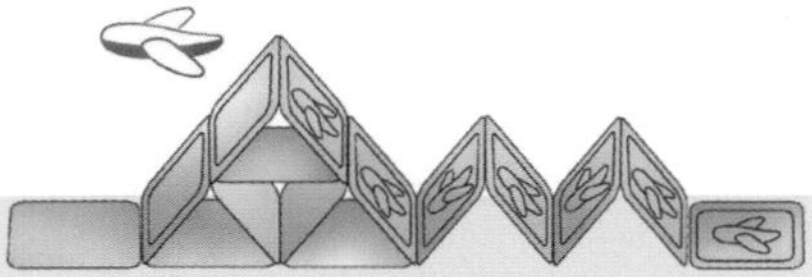

自序

我以前好喜歡一句話：朝聞道，夕可死矣。

這其中包含了許多生命的成長、了然、豪邁與灑脫；不論生命有多長，只要學到了、了悟了此生該學會的，那就夠了，也就可以放下一切去追尋另一個生命的起點了。

我也許還沒學夠此生該學會的成長，所以，既沒有朝聞道，更沒有夕死。要不就說我是賴活著好了，能賴活著真好，因為我可以跟我愛的人與愛我的人相處更多的時光。

還是說是我跟上天討價還價，想要在此生多學一些，也就少輪迴幾世。也許是我在此生就該學會做個殘障者，這樣生命的成長才完整。

以前我老以為殘障朋友容易有憤世嫉俗的言行，這看來好像很不該，但是現在我也覺得我會憤世嫉俗！我常訝異地省思自己，如果

上天給我機會讓我學習身障者該去面對的成長，那絕對不希望我是如此憤世嫉俗的。不過當你真實地感受到這個環境對身障者的不友善時，你也真難免會憤世嫉俗一番。

我常常胡思亂想，我覺得我的左腳早我一步進到了天堂，而我的左腳提醒了我有許多事還沒有做好、做完，更讓我踩進了缺憾的世界，並學習如何更善用目前的身體，它的犧牲讓我得以更多生命的成長。

我親愛的左腳，請在天堂等我，感謝你為我做過的一切，你就像讓我隨著天堂進行曲的節奏一般，由左腳踏出第一步，引領我後續的生命與靈魂更向前邁進。

另外，活著真好！

目錄

親愛的，請把我的腳拿給我(2) 154

裝了義肢以後，首當其衝面臨的問題，就是每天穿脫褲子和襪子這件事。
我的所有褲子都得改，襪子穿法也跟以前不一樣。
外出吃飯，我最怕那種又擠又小的餐廳，因為義肢不容易彎曲，我尤其害怕蹲式的馬桶，
若是一個重心不穩，整個人就會狂跌至糞坑，爬都爬不起來，那可真是叫天天不應，叫地地不靈……

改變一生的Learning
人生總有瓶頸／追求內心的安定

最近（一） 168

很多事情是最近我才知道的，據說我昏迷的這十天當中，來探視我的親朋好友們，不只是「絡繹不絕」而已，
簡直可用「前仆後繼」來形容，光是進加護病房探視所用的口罩，聽說就用掉了三百多個。
我的朋友之一，歐腳亭的董事長鄭凱隆先生趕來看我時，悲憤莫名，邊指著我邊罵三字經：×××，
你不可以這樣，你怎麼可以這樣，你一定得好起來，×××！

改變一生的Learning
心的力量／只有感恩

最近（二） 186

朋友提著大包小包的花生湯、八寶粥罐頭來，分送給在醫院看我沒時間吃飯的朋友。
阿郎發現我沒有保險，在第一時間發動募款，希望大家可以有錢出錢、有力出力，幫我渡過這個難關。
2007年開春，我不怨老天爺跟我開的玩笑，
我感謝，感謝老天爺給了我一個全新的自己，以及全新的人生！

改變一生的Learning
不忘初衷／邁向更好的人生

跋 200

寫在前面

本書所提及的醫療互動，包括醫護人員對待的感覺與態度，是經過幾度琢磨、討論、思考許久後才確認的。

我以病患本身以及家屬、朋友的心情來敘述當時的感受，主要目的不是為了指責，只是忠實描繪當時所感覺到的對待。

我希望台灣的醫病關係能夠更好，我也確信有真正良好態度的醫護人員存在。畢竟醫護人員的天職是崇高的，病友在患病的當下，真的認為醫護人員如神般能夠掌控他們的生死，醫病關係不該是對立的。

此外，本書並未收錄部落格文章，如果對那段過程有興趣的讀者，可以上網搜尋「星星王子的住院日記」。

➜ 母親的婚紗獨照。當時母親才17歲，結婚還得要家長同意。（拍攝時間1965/10/10）

➜ 父親的大頭照，可以清楚看到領口有「政工幹校」及「學員」的別章。時間已經不容易查證了，應該是廿出頭的歲數，父親是青年軍201師，從大陸撤退時18歲不到，聽說撤退時，因為營養不良，得了夜盲症，趁黑夜撤離時，無法視物，同僚還助其行進，並覓得豬肝貼其眼，數日後才復明。

↑這是父母親的結婚照，那天是民國五十四年的雙十節，軍人結婚都要辦理婚姻申請登記，而當時更嚴，還必須查身家是否清白。母親是馬祖福澳人，父親是在馬祖戰地政務時當福澳村副村長（官派）時相中了母親。我最近重新檢視父親遺物時，看到了當時父親被贅的合約，以及結婚申請書、訂婚證書及結婚證書，後來聽母親提及，當時父親先答應外公的要求----招贅，原本我該要從母姓，父親反悔應了次子再從母姓，而後卻都得女。我為了從父親未完之事，又正好我之下的輩份為「承」字，故以「承林」為大兒子名，算是了了上一代的期望。（拍攝時間1965/10/10）

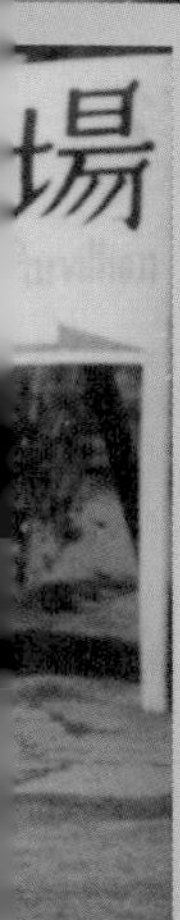

↑我父親喜歡拍照，很有創意，我覺得這應該是他在政工幹校學攝影時，自己在暗房做的照片。當時他約廿幾歲，應該是為了追女朋友而做的。（哈）

↑這是我的父母、我和大妹。那天的情景，我到現在都還有印象，那天太陽很大，我用手遮著頭，妹妹因為鞋子不合腳而哭鬧。(拍攝時間1971春夏之際。)

↑這是我父親的自拍，照片背面有明確的拍攝日期並留有文字：「對鏡賞影，新章（父名）攝於臺北新店江陵里廿張路66之28號我姊住宅，攝影者乃本人也，對鏡賞影，於49.10.25.攝。」父親當時是尉級軍官，當時的尉級軍官，戴著像美軍的船形帽。

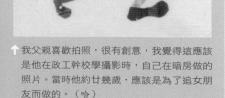

這是我父親及小妹在觀音海水浴場的照片。我與小妹相差近六歲，生小妹那年，父親應該已42歲，與我今年（2008）同歲數。父親很愛小妹，父親過世那年，小妹才剛上小學，現在想想，當時父親離世時，最大的掛礙應該就是小妹尚年幼了。（拍攝時間1973夏。）➜

這是我一歲生日時所拍的，當時要有這樣的一個蛋糕不是一般家庭所能有的，可見父親相當愛我。我記得幾乎每年生日，家中都會宴請父親長官及結拜弟兄與朋友。（拍攝時間1967/03/04）↓

這張是我四歲，大妹三歲時，父親帶我們去軍營參加活動時拍的。我問了父親牌子上的字後，開心的當場高歌起來。每次看到這張照片，就會記起當時跟父親的對話。父親很愛我，會給我買價格不斐的衣著，像是皮鞋，我小時候沒穿皮鞋是不願出門的，就連去隔壁的雜貨店，我都非要穿上皮鞋不可。一直上了小學，才願意穿拖鞋在家附近走動。我記得我幼時很喜歡打領帶，還會特地將領帶拉出背心外。（拍攝時間1971年春。）➜

這是我與大妹幼年的照片。那年我快五歲，妹妹才四歲多，後方是我幼年在中壢與觀音交界的忠愛莊地家，我手中拿的是妹妹舊的洋娃娃，右手拿的是媽媽自己做的饅頭，當時軍眷所應該配給的米因為美援關係都換成了麵粉，當時吃了許多麵粉製品，除了饅頭，還有包子、餃子、寬麵及麵疙瘩，這些都是我年幼時重要美好的回憶。（拍攝時間1970年冬）
↓

這是2006年聖誕節去高雄看小兒子那時拍的照片，當天其實也發作過因為「嗜鉻細胞瘤」所造成的不舒服狀況。現在再看到這張照片，心中不甚唏噓，幾天後的我幾乎天人永隔，差一點再也看不到我這兩個寶貝兒子。（拍攝時間2006/12/25）
↓

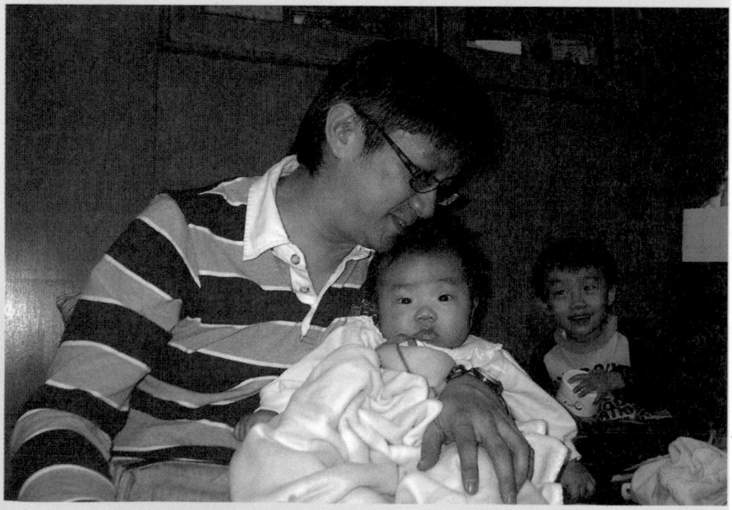

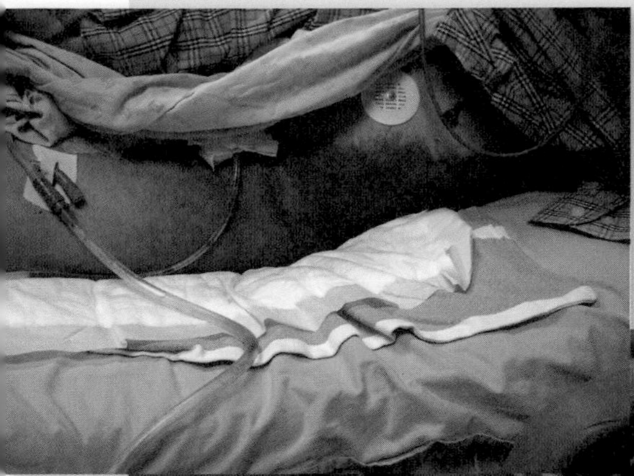

從後背到臀部，大量出現使用抗血凝藥物後的沉澱。這是正常的狀況，是與心臟相關的急救時必然的程序與結果。照片最左邊的是尿管，而中間偏左的是我左大腿內側，因為葉克膜開口而需另加將淤血導出的管路，下胸部的是心電圖儀器需要的檢測貼片。（拍攝時間2007/01/05）
←

我昏迷時，我太太在加護病房拍的，這只是我的上半身，插滿了許多管線及檢測線路，下半身的狀況沒有更好。我左肩上方有藍有紅的管路，是注射藥劑用的，我右肩旁的是負責供氧，協助我呼吸的設備。（拍攝時間2007/01/05）↓

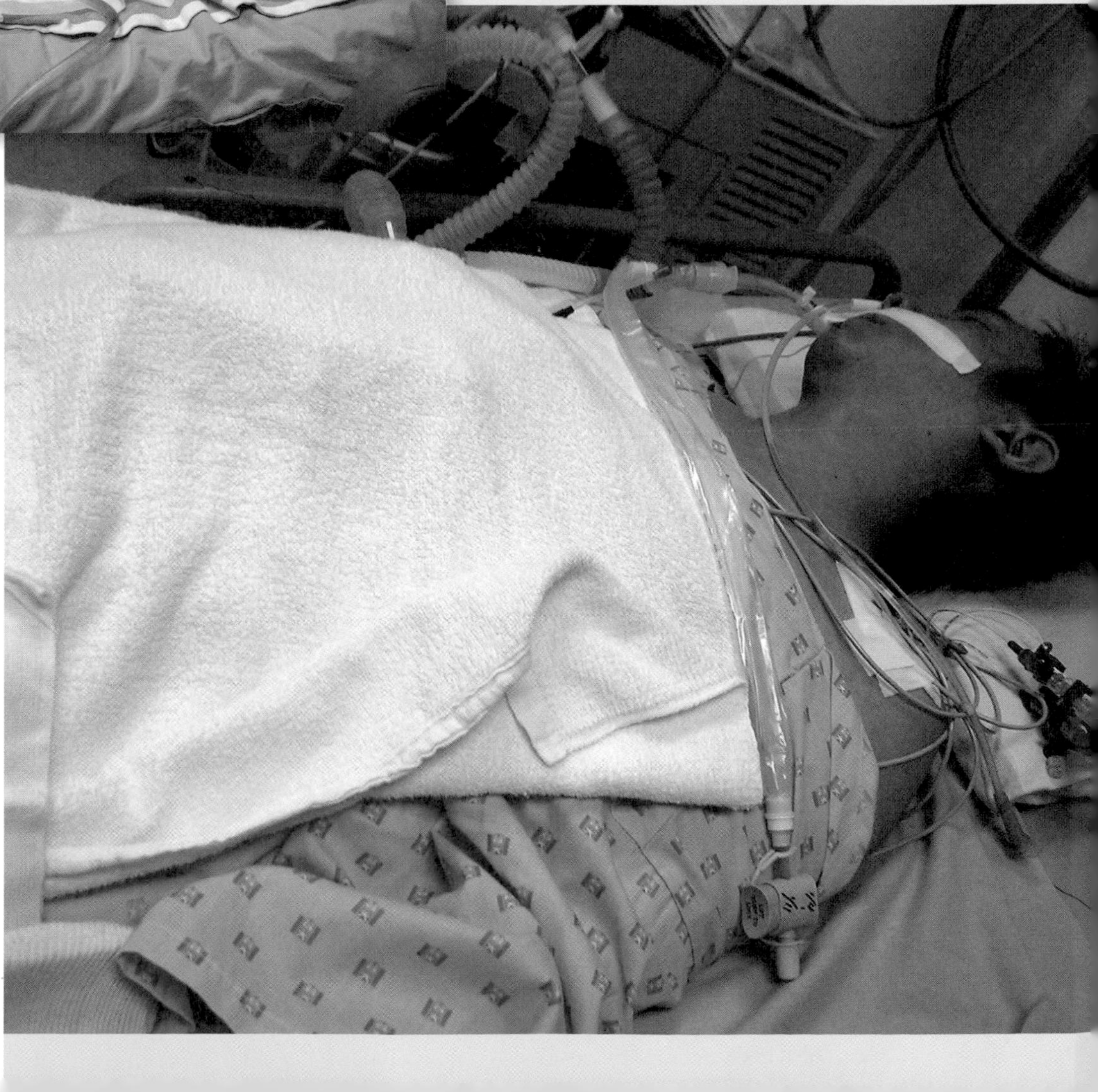

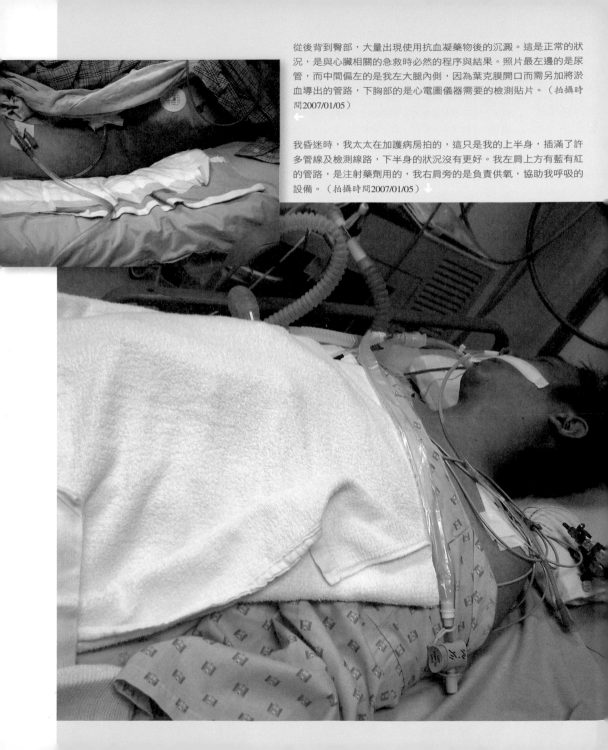

雖然我的眼睛看來是張開的，我卻是毫無意識的。我的眼睛毫無生氣，像是沒了靈魂的軀殼。嘴巴下方是氧氣插管，左臉方向是鼻胃管，負責餵食流質食物，提供身體基本營養。我在這床上躺了九天，每天六罐「安素」，瘦了18公斤。（拍攝時間2007/01/05）

我的左腳。我常常會想念它的存在，尤其行動不便時。從照片中可以看出壞死的腳趾頭，有些地方雖然看來還好，但已經呈暗紅色了。醒來後我太太給我看這些照片，我明白地知道我的腳的確留不住了。（拍攝時間2007/01/05）

生病期間，探病朋友給我的溫馨祝福，字字句句都記錄在這本筆記本裡。有一群朋友天天為我吃素，有人默默發起送百張卡片給星星王子的活動……這些人我甚至沒見過，也不認識，我只有滿滿的感激！

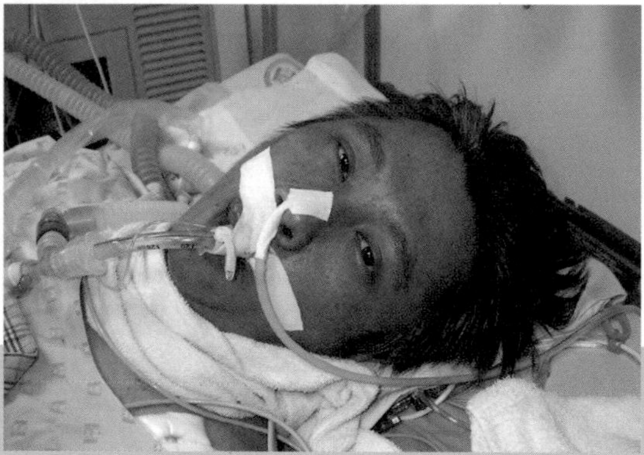

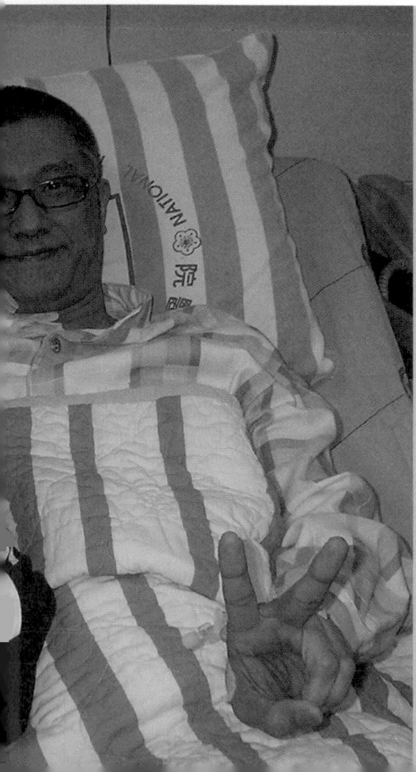

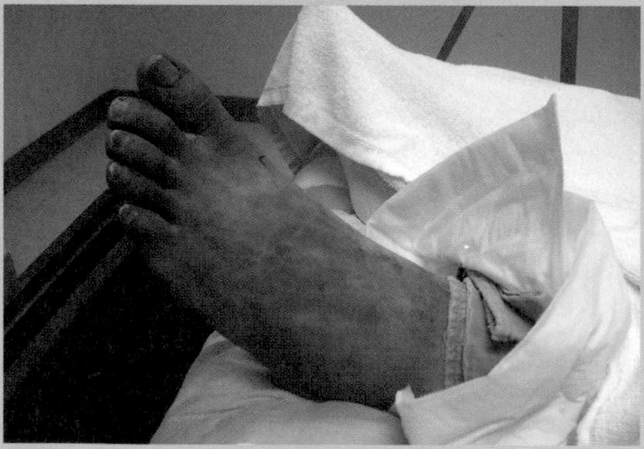

生平第一次在醫院吃年夜飯。那天很多病友都出院了，因為要回家過年，我只有一條腿走不了，而且才做完第一次清瘡，左小腿的部位隱隱作痛，只能在醫院過年。最右側的是小妹，左邊的是媽媽和太太。（拍攝時間2007/02/17）➜

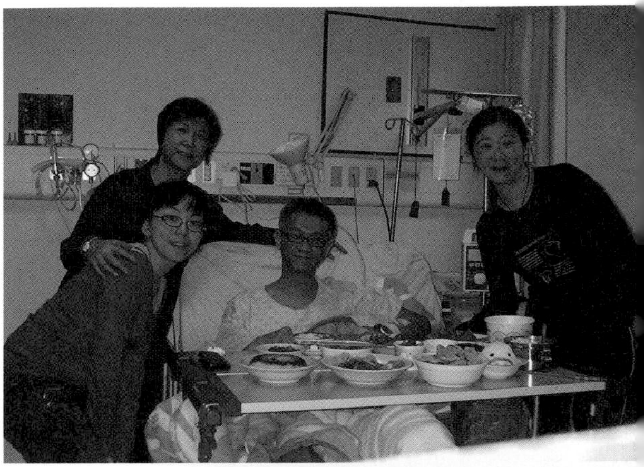

發病的第二天，也就是2007年的元月二日，我的岳父母將大兒子先帶到高雄去了，這是我清醒並做了「嗜鉻細胞瘤」切除手術及左小腿截肢後的第一次見面。再看到兒子恍若隔世，知道他到了病房門口，我急忙叫太太將我被截肢的部位蓋住，不要他被嚇到，當我看到兒子時，眼淚差點奪眶而出，兒子以為我喉嚨痛住院，因為他看到我喉嚨上插管，其實那是血液透析（俗稱洗腎）的外接口。（拍攝時間2007/01/20）↘

我的全家福，由左至右：
大寶、雅雅、我、小寶。↓

首部曲

逝去的十天

在我的人生中，曾經有過十天的空白。
這十天讓我無從選擇，好像不存在過，
沒想到卻扎扎實實地改寫了我後半輩子的人生。

因為空白，我自己無從分享，
我所知道的一切，
都是從我的太太雅雅、好友、親戚口中，
一點一滴還原拼湊而成……

不平靜的跨年夜

那是2006年的最後一天。

12月31日，眾人正準備歡欣跨年，卻是我這輩子最不平靜的一天。凌晨開始，大兒子發高燒，早晨我就帶他去急診，折騰一夜，我的胃十分不舒服，血壓很高、頭也很痛。這些症狀已經困擾我二年多了，在兒子生病的狀況下，我並不在意。

帶孩子看完醫生後，我和太太又出門去藥房，想買些胃藥來吃，因為我一直以為是生活壓力造成胃酸逆流。當時已近中午，我在藥房很不舒服，血壓高過200，全身盜汗得非常厲害。當時覺得似乎有點嚴重，但仍然天真地相信回家休息後就會好轉。

跨年的晚上，雅雅帶著孩子去了她高中同學家，我當時仍然身體不適，血壓很高、頭痛、腹痛、全身盜汗，渾身不舒服，所以沒有一同前往，留在家中休息。我不想掃太太和小孩的興，讓他們替我擔心，於是我說：「等身體舒服一點後，我到朋友家跟你們會合。」雅雅帶著疑惑又擔心的眼神看著我，因為我的堅持，她還是帶著孩子出門了。

原本該是一個開開心心，送舊迎新的夜晚。沒想到，等著我的卻是我人生中最困難的一個關卡，傍晚五點多時，我的狀況越來越差，我想我應該先去洗個澡，也許會舒服點，我提著氣，痛苦地洗完了澡，可是狀況還是沒有變好，我只好再度躺回床上。大冬天的，我卻一直冒著汗，不能也不想進到被窩中，於是就躺在棉被上，時而用力、時而輕撫的摸著被子，希望舒適的觸感可以減低身體的不適感。

我都忘了當時的腦袋裡頭想著些什麼？好像也不知道能想什麼，我只能用不多的意識來控制呼吸吐納，試圖讓自己舒服點。我小妹在出門前才問過我狀況如何，我說有點反胃，請她將垃圾桶移來，沒想到才說完，還沒來得及翻身去垃圾桶，一堆東西就一股腦地吐在床沿，我瞥了一眼床沿，心想：還好，沒有吐血。妹妹嚇壞了，一直問我怎麼樣，我無法回話，只是揮揮手，表示沒關係。她將我吐髒的被子及床單捲在一旁，我也不知怎的，斷斷續續地吐了許久，後來才慢慢意識到，我是坐在冰涼的地板上，抱著垃圾桶吐的。

雅雅在友人家，苦等不見我的人影，心中有點不放心，打了電話給我，我有氣無氣地應著，要她別擔心。她匆匆用完餐便帶著兒子返家，看到捲起的床被，直覺就問：你吐了？我無力的點點頭，她說：走！我們去掛急診。上車後她問我去那家醫院，建議我去台大。我想應該是個小狀況，就說：別跑那麼遠，去永和耕莘醫院好了，而且今晚跨年，也不知道台大附近的交通狀況如何。快到醫院時，我心裡想著：怎麼早上看了兒子，晚上爸爸也來報到了。

耕莘醫院判定「心肌梗塞」

到了永和耕莘醫院，醫生開了些止吐止痛的藥，但是我胸悶腹痛的症狀仍然沒有減輕。照了X光片後，醫師也換班了，第二位醫師看了X光片說，胃痛應該是大號解不出來（註一）。我說：我今天只吃了三片蘇打餅乾，我的排便狀況也很好，很少會便秘，不會是大號解不出來的問題。醫師又看了心電圖，表示只是有些缺氧，應該沒什麼問題。我照著醫生指示去灌了腸，其實我似乎是有點賭氣地這麼做，我想讓醫生知道根本不是這個問題，答案果然如我所料，我埋怨地說：根本就不是大號解不出來！之後，開始密集地做心電圖，然後被安排到觀察區床位。

醫師告訴我，有可能是心肌梗塞。我狐疑地對太太說：不可能吧！因為我之前在和信醫院才做過檢查，心臟很健康，腦部跟胸部都沒有問題，怎麼可能是心肌梗塞？突然，醫生說：

「你才四十歲，怎麼就心肌梗塞了？」一副好像我做錯了什麼的口吻。我躺在走道的病床上，無力反駁他倨傲的態度，腦袋一直想：我怎麼可能是心肌梗塞？我又不胖，也從來不是大魚大肉吃個不停的人，我比較喜歡吃青菜，怎麼可能會是這樣的狀況？雖然帶著許多疑惑，然而在病患心中，醫生如同聞聲救苦的活菩薩，醫生說了就算，我也只能聽醫生的了。

心肌梗塞要緊急做「心導管手術」，永和耕莘的醫生說不能收我，因為目前沒有加護病房的床位，得趕緊轉院。醫生建議轉台大，但是台大目前沒有加護病房的床位！另一位護士說，整個台北市都沒有加護病房的空床位了！去哪裡都是待在急診室，怎麼辦？最後決定還是先去台大再說，護士說明轉院過程中需要自費的部份，包括救護車、特別護士等費用，凌晨一點時，我們前往台大醫院。

還在耕莘醫院時，我媽媽就趕來了，先帶著大寶回家去，我看著還發燒的孩子，心中哭笑不得：我們爺兒倆怎麼了，一個早上來報到，一個晚上來報到。看他小小的背影逐漸離開我的視線，頓時湧起一種歉疚，我覺得自己沒有好好照顧他！

我從來就沒坐過救護車，警車倒是坐過一次，是陪著被搶匪劫持的朋友到警局做筆錄，那次經驗之後，我和朋友倒了三年的楣，我心想：不知道坐救護車會不會倒楣？我越來越無力了，沒法想那麼多，只能閉著眼，動都不動，其實我也不能動，躺在救護車的病床上是要固定住身體的，我的腦袋不由自主出現了電影片段：病人在急速轉彎的救護車中跌來撞去……

雅雅仍舊擔心地坐在車內，我希望我真的沒事，我希望我不是心肌梗塞。

到台大醫院後又轉院

救護車警鳴出發了，聲音劃破歡樂氣氛中的台北一隅，刺耳的警鳴聲，讓我了解在救護車中病人及家屬的感覺，只希望駕駛能快快讓路給我們，路上沒有醉漢駕車撞了我們。

到了台大急診室，太太很著急地問醫生病情。醫師表示：心肌酵素這麼高，應該就是心肌梗塞。然後又開始了心電圖、抽血的檢查。

雅雅的高中同學，當晚也是跨年聚會的主人，她和先生隨即就趕到，從旁做了許多協助，畢竟他們都是台大畢業的牙醫師，地緣關係很熟悉。同樣是急診室，台大要比耕莘明亮多了，我的不適感已經減少，意志卻無法控制身體，感覺很虛弱，思考能力也變得虛弱，唯一還有記憶，是雅雅那張擔心的臉。當時有一刻沒一刻的想著與她交往的情景，我們手牽手走在政大旁的紅磚道上遛狗，我突然感覺她摸著我的手背，虛弱的張開眼睛看看她，我連笑容都無力擠出來，只能無神的看著她。

一陣子後，醫師說心肌梗塞的情況好像沒那麼危急，可能不用緊急做心導管手術，但還是要去加護病房觀察比較好。台大沒有加護病房的床位了，電腦查詢到北醫有加護病房，我們又在救護車的警鳴聲中，風塵僕僕地擠向跨年人潮尚未散去的東區，前進北醫。

北醫急診室：冠狀動脈有一條全部都塞住了！

在北醫急診室裡，急診室的醫生不斷地跟另一位醫生連絡，我們也一直被問了很多問題，有醫師推了心臟超音波的儀器來，然後約莫早上六點，有個醫師說要來幫我動心導管手術。

醫師表示心臟冠狀動脈有三條，我的其中一條已經全部塞住了。當時我心裡想，為什麼之前檢查都毫無跡象？我的飲食習慣這麼差嗎？心導管手術，聽起來好昂貴，我們做得起嗎？太太說沒問題，還負擔得起心導管手術，有健保給付，要我放心，別擔心。

沒想到，從此之後，當我再次有意識時，已經是十天後的事情了！

醫生說詞反反覆覆

舟車勞頓地從耕莘醫院轉診至台大醫院，沒想到依舊沒有加護病房床位，又得轉院。跨年夜晚，一路上人車擁塞，就醫途中，雅雅的心情很不穩定，好不容易挨到隔天，也就是20

07年1月1日早晨，約莫四點多左右，終於進了北醫。

心肌梗塞屬於重症，重症區只有我一個人，床邊都是醫學儀器與螢幕。執刀醫生抵達醫院前，至少有三名醫生負責我的病情，他們替我做心臟超音波，不斷詢問各種問題，雅雅不斷提供我的病史、平常狀況、以及當天發病情況，某些問題才剛剛回答過，很快又被重複問起。執刀醫生到的時候約莫早上六點，整個詢問過程又重複一次，同樣的問題，雅雅鉅細靡遺地回答，深怕漏了重要訊息。執刀醫生與現場醫生討論後，對我重新解釋了一下病情，接著建議：「那就動手術吧！」。

雅雅心裡又慌、又亂、又毫無頭緒，但也束手無策，只好點頭答應。

手術進行過程中，雅雅和我母親一直在急診室門口外，醫生本來說是「心肌梗塞」，必須要作心導管手術，一個鐘頭後從手術室出來，改口說，冠狀動脈漂漂亮亮的，一點堵塞也沒有，應該是「心肌炎」。突然，心導管手術不用做了，改住進加護病房觀察兩周！醫生診斷的說詞反反覆覆，大家的心裡跟著七上八下。

經過一整晚的折騰，雅雅和母親已經累坐在椅子上打瞌睡了！好不容易等到探視，兩人消毒雙手、穿上隔離衣、口罩，進入加護病房。整個空氣被一種死氣沉沉的低氣壓籠罩著。

躺在手術台整個人呈大字型的我，週遭都是機器、管子，連嘴巴也插了管子。醫生說我的狀況愈來愈不好，血壓心跳都非常低，剛剛才經過非常危急的搶救過程，現在還需要打非常高劑量的強心劑，希望可以讓心跳回復正常狀況。醫生說：病人應該快不行了，請你們要有心理準備！雅雅頓時錯愕，媽媽忍不住爆哭出來，現場一片淒冷哀戚。

需要一個男生

婆媳倆相當無助與恐慌，深怕我就這樣走了。母親目睹這一切，她比任何人都緊張，心揪的更緊。由於父親很年輕的時候，就生病過世。媽媽後來跟我說，她擔心老天爺是否將父親的病遺傳給我，要把她的兒子從她身邊奪走。

「打個電話給男生吧！」媽媽說。

以往家裡有什麼大事，都是由我出面解決，我是家裏的長子，也是唯一的兒子，家裡只有我一個男生，其餘都是妹妹。我此刻躺在病床上，然而媽媽心裡潛意識還是認為，真的要出了什麼事，還是得要有個男人出面，事情比較容易解決。但是，能找誰？

找個男生？找個男生？雅雅打給我的乾弟弟，緊急告知病情，又打給她在高雄的父母親，請他們趕緊將小兒子從高雄帶回台北，深怕我有個什麼事情，所有家屬都要在身邊。媽媽也急電妹妹，請她把我的西裝、襯衫送來，如果我突然就走了，她不要看到我光溜溜地被推進太平間……

要不要隨便你

這時心臟外科的醫生，提出了要裝「葉克膜」的建議。

從雅雅的轉述中，起初醫生試著解釋這台機器的用途，然後希望我們同意使用，因為我已經「命在旦夕」，不裝就是等死，裝了還可以祈禱心臟休息過後會願意重新工作。

雅雅問，這是唯一的方式嗎？

醫生表示，如果不裝應該是撐不住了，要不要試試看？

雅雅又再問，裝了之後就會好起來嗎？

醫生回答，理論上可以裝一周觀察看看，如果頭兩天沒有好轉的跡象，那就等移植吧！

雅雅似乎不解醫生要跟他確認什麼，又說：如果現在只有這個方法可以救他，現在是在商量什麼？

雅雅的想法是：如果醫生已經窮盡所有可能拯救的方式，應該是十分篤定地說，現在只剩下這個唯一的急救方式了，請趕緊簽下這份手術同意書。如果這是救先生唯一的方式，哪有不同意進行手術的道理。

然而醫生似乎有點煩躁起來了，醫生表示：當然要經過家屬同意才能做啊！那包耗材就要十八萬，只能用一次！

乾弟弟瀚瀚接話：現在是錢的問題嗎？錢不是問題！要先

付嗎？

醫生的口氣更不耐煩了：健保有給付，不是錢的問題，是要家屬同意！

醫生應該是覺得家屬很不上道，問題很多又不專業，連「醫生要徵求家屬同意才動手術」這種基本常識都不知道。我們畢竟都不是醫生，因為不是醫生所以不知道醫生的動機及用意，而大多的醫生也都不會非常詳盡地做解釋，這讓我感覺到我們像是古時候的文盲，而醫生就像是讀書人，他們不想浪費唇舌去解釋，好像認為講了我們也聽不懂。

然而，做這個手術的風險，不但可能會讓我死於手術檯上，還可能會失去我的左腳，醫生並沒有告訴我們裝了之後的副作用。裝不裝「葉克膜」這件事，在當時的狀況是：不裝鐵定撐不住，裝了也不確定活不活得下來，請家屬做好決定，病人是死是活，都跟院方無關。（註二）

束手無策的雅雅，為了延長我的生命，只好無奈地再次點頭，讓我進手術房。

安裝「葉克膜」的手術，從早上一直進行到下午，對等待的家屬而言，任何一秒鐘，都有如一個世紀那麼長。

我，一個在垂死邊緣掙扎的人，只能任人宰割。手術持續地進行，牆上的鐘，滴答滴答，讓人煩躁和不安。

媒體蜂擁而來

本來住院這件事，純屬我的個人私事，根本就不會去告知媒體。但是，因為情況緊急，雅雅在我入院後，通知了我行動電話上通訊欄的所有朋友。因此，入院的第一天，在手術進行的過程中，就陸陸續續來了許多探視我的朋友，很關切地詢問病情。

朋友中不乏醫界專業，在了解診斷情形、反覆病症說詞、要求安裝「葉克膜」手術、請家屬開始準備後事……有人表示北醫診斷太過草率，有「誤診」的可能性。友人與其他友人聊及，媒體側面得知後，各家記者如雨後春筍般湧入北醫。

這時院方開始覺得不對勁了，態度上有了極大的轉變，跟我一大早被送進醫院時，有如天壤之別。

一路走來，好像只有家人與不能違抗的天命在對抗。家屬面對艱深的醫療專業，完全只能仰賴醫生。然而，醫生醫治的方向到底對了沒？醫生提供給病人的選擇性夠完整嗎？醫生是否已經做了所有可能的假設？……這些都是未知數！

自從送進醫院，情況只有四個字來形容：「越來越糟！」我好像被上天帶走，只是在離去的途中，不停地留下【即將死亡】的訊息！尤其家屬在聽完醫師的分析後，就必須不斷地下決定、簽文件……這些文件保護了醫生，誰保護病患？

當媒體關注後，整個世界彷彿又與我們站在同一陣線了！

媒體的力量凝聚了醫病關係，我們開始積極和死亡對抗了！那些高深莫測、詭譎多變的檢測資料，如迷霧般包圍著病情，團隊裡多了好多雙眼睛在檢查，好多顆腦袋在思考！

或許真的是我命不該絕，也或許是大批媒體朋友間接救了我的命。總之，本來已經不斷被醫生說是風中殘燭、隨時會死亡的我，就在朋友及醫生的建議下，再度轉回台大醫院就診，到了台大，真正的謎底才被揭開，危險的情形才總算穩定下來。

2007年1月1日，這是我永生難忘、漫長的一日。

註一：我後來發覺，到急診室求診的病患，大多會被先要求去灌腸。我這次換了那麼多家醫院，也都是被這樣要求。聽起雖然來很怪，不過這不能怪急診室的處理，因為很多來急診室的病患，其實大多都不是真正嚴重到需要到急診室的，這些病患只需要灌腸就能解決問題。這是醫病關係中，病人長期濫用急診室所造成的惡性循環，使得真正沒有這樣問題的病患，也需要浪費時間去做灌腸，甚至就連醫生也不會再細究病人是否真有這狀況，反正就先灌腸，如果不是這問題才來看其他的問題。

註二：在這點上，我們並不是指責，而是提出一個當時的感受，我相信很多被要求簽下同意書的家屬也和我們一樣有同樣的感受。這樣的同意書對無論如何都會盡力去救治的醫生而言，也許具有失敗後的免責意義，不過對於粗心大意的醫生來說，卻相當於救治失敗後的免責金牌。

活在祝福

其實我們常常是活在祝福中的，只是我們從未發覺。等發覺時，通常是「快要失去」或「已經失去」。

出現在我們身邊的祝福，其實就像空氣一樣經常存在，只是我們習以為常，忘了去感受。我想很多人常會聽到「吃飽了嗎？」「下課啦？」「下班啦？」「回來了啊？」⋯這些問候的招呼用語，其實也都是一種含蓄的祝福。我出院後，走在路上，常常碰到很多人跟我打招呼，每次我都好開心，覺得這些祝福就像雨水滋潤大地一樣，讓我卷舒自在，心曠神怡。

最近開始固定練習騎腳踏車，主要是為了我的單車環島計畫。練習時，在路上常常遇到同樣和我一樣騎單車的人，他們不見得知道我是誰，但是當我真誠地向迎面而來的朋友問好時，總是得到友善的回應，這些感覺，是幸福的。

我常常在想，如果一句簡單祝福的話就可以讓人這樣快樂，為什麼我們不常常說呢？如果每一天、每一刻，我們都能活在祝福裡，那是多美好的時光啊！我現在逢人就說「祝福你！」、「加油！」，感覺這些意念，就像蝴蝶一樣，會跟隨著被我祝福的人，飛著、圍繞著，快樂的與人為伴。我相信在生命的某個當口，這些祝福的話，總是會起一點用處。

茫茫世間，身在局中，已經處處是難，利害相爭絕非安樂之基，只有滿腔和氣祝福相許，人間才有隨地春風。

相信直覺

很多人都說要「相信直覺」，但是直覺來自何處？直覺取決於經驗！

「直覺」和「感覺」是不一樣的，得細分才能分清楚。一般人容易憑感覺做決定，用感覺做決定容易被情緒所左右，做出來的決定往往是衝動、未經考慮、客觀環境條件不利的，在這樣情況下做出的決定，想當然爾，當然也就得到不甚圓滿、不太好、沒有達成心中期望的結果。

如果能夠憑直覺做決定，而直覺又能取決於經驗的話，結果就不一樣了。怎麼說呢？做決定這件事情，基本上是很極端的，因為只有Yes或No兩種選擇，一個人要做決定，與這個人的個性、原則、價值觀、行事風格、經驗法則…有關，如果再加上外在環境，比如親人、朋友、經濟狀況…等因素，可以想見，做決定絕對不是一件簡單的事情。

相信直覺，其實隱藏著風險承擔，除了來自於直覺與感覺不易分辨，另一方面，也是因為直覺與經驗值的比例的問題。用經驗決定事情不一定對，但是用直覺決定問題，背後一定要有經驗法則的支持。

要怎麼樣培養洞悉事物的直覺呢？

經驗！就是經驗，不論是由自己經歷人事物後，所得到的成長（無論痛苦與否），還是由他人發生的事件，得到的免費又無價的機會教育。

二部曲

逝去的十天

在耕莘醫院時，我還頗感心酸：
沒想到跨年居然是在醫院過的！
現在想來，跨年在醫院過其實已不重要了，
轉到北醫之後，我差點連命都沒有，
連兒子都看不到了。
在媒體報導了我的狀況後，
台大醫院主動釋出善意，
在最短的時間內，把我接回台大。
到了台大醫院，
真正的發病原因才被揭曉……

轉回台大醫院

媒體的大肆報導下，我二度被送回原本沒有床位的台大醫院，進行更深入的檢查。這一切的變化，都是在我昏迷狀況下所發生的，也因此，整個轉院及治療的過程中，我完全沒有任何意識、沒有任何記憶、沒有任何畫面，全由著身邊人，順隨機運的牽引，決定我的生死。

當我醒來後，聽著雅雅娓娓道來事情經過，不禁對自己的人生，又有了另一種不同的體驗：人生真的很奇妙，任何事冥冥中都有其巧妙安排，若是硬要強求，不見得能要到，但就在你選擇以平常心面對之際，希望的曙光就在眼前！

在我與死神拔河的過程中，沒有一項是我能決定的。就在各家媒體相繼披露後，事情有了戲劇性的轉變。朋友都建議，在這緊要的關頭上，應該把我送回台大醫院，不只因為專業的醫療團隊，加上多年來臨床上實戰的經驗、和先進的醫療設備。其實從一開始，家裡就希望我能在台大醫院就診，只是礙於當天晚上，苦等不到加護病房。在媒體報導了我的狀況後，台大醫院也主動釋出善意，在最短的時間內，派出救護車及醫護人員，把我從北醫接回台大醫院。

回到台大醫院已經是2007年1月2日的傍晚，台大醫院的醫生們，立刻馬不停蹄地抽絲剝繭研究我的病情。當天晚上，台大醫生很肯定地告訴家屬：有希望了！不會死了！他們已經找出真正的病因，可以對症下藥了！明天就要把「葉克膜」拆了！

罹患嗜鉻細胞瘤

原來我是得了一種叫作「嗜鉻細胞瘤」的疾病。

什麼是「嗜鉻細胞瘤」？

這是一種發生在動物的腎上腺髓質部的一個腫瘤，在人類身上出現，也稱為「百分之十腫瘤」（10% Cancer），因為有太多百分之十的狀況，比如說：「百分之十是惡性，百分之九十是良性」、「百分之十會分布在兩個腎上腺，百分之九十只會分布在一個腎上腺」、「百分之十不會在腎上腺，百分之

九十只會在腎上腺」、「百分之十的家族史」……。

這個病症幾乎都是良性的。很多人看到良性腫瘤就鬆了一口氣，其實不然，腫瘤存在的位置不好，即使是良性腫瘤也會引發嚴重的影響。以「腎上腺嗜鉻細胞瘤」來說，由於位置在腎上腺的髓質部，所以，會導致腎上腺過度分泌兒茶酚胺（Catecholamine），兒茶酚胺是由腎上腺髓質所分泌的，它是一群可以提供神經傳導的生物性胺類，當兒茶酚胺在體內的濃度失去平衡，就會導致自律功能的障礙，包括：血壓上升、心跳加快、焦慮、甚至於周邊血管破裂出血。所以，就算「嗜鉻細胞瘤」是良性的，也不可以置之不理，更不可以忽視，因為還是會影響全身的器官。

這種病症要檢查出來並不困難，只需要透過血液及尿液檢查就可以得知，血糖有些會上升，尿中的兒茶酚胺（Catecholamine）會上升，或是兒茶酚胺的代謝產物會上升。一旦被發現有「嗜鉻細胞瘤」以後，就需要進一步確定這個腫瘤是局限於腎上腺？還是屬於區域型的侵犯？還是屬於非腎上腺型的腫瘤？以外科手術配合化學治療，可以達到很好的治癒效果。由於治療「嗜鉻細胞瘤」的過程中，不可以使用「利尿劑」，但是多數的症狀容易讓臨床醫師誤以為是心臟疾病（如心肌梗塞、心肌炎、二尖辦閉鎖不全）而大量的使用「利尿劑」，誤判使得這個疾病變得更加嚴重。所以，尋求專業的醫師詳細、細心的檢查，才可以避免不必要的問題，也才能有效的找出真正原因。

以上有關「嗜鉻細胞瘤」的敘述是由我的朋友、同時也是動物醫生戴更基先生所提供的，我只做了一些小小的修正，而這篇文章發表在他動物診所的網站，戴醫師跟我說：「人類的高血壓參考書籍的第一篇，就是寫這個病。」我聽了後就笑著跟他說：「那麼我生了這個病，那麼多醫院及診所都沒有察覺是這個病，等於是重重打了他們一巴掌囉？」他哈哈哈大笑。

雖然只是動物醫生，但是我所認識的戴更基，一直是很用功讀書、努力學習新醫學知識的朋友。

從他的角度來看這件事情，他認為，有時候醫生過度專業分科，反而忘了去做最檢單、最基本的檢查，也就是——

—驗尿！我住院的時候，戴醫師一直從旁協助幫忙，他說：「最氣的不是這個。醫生已經被一般人尊敬了，大家也願意去諒解醫生會有忘東忘西的可能，但是，態度才是最令人厭惡的。」他表示：大多的醫生，看病的方式已經有了習慣性，所以，很容易做主觀的判定，而不願意聽別人的意見。

我從沒聽過，也沒想過這樣一個病症會發生在我身上，但它就這樣無預警的發生了！得知這樣一個症狀後，這段時間以來，所有發生在我身體上的不適，都得到了合理的答案。原來，所有想不透的不舒服，都是因為「嗜鉻細胞瘤」而引起的。

「嗜鉻細胞瘤」算是罕見疾病之一，臨床上非常少見，只有在書本上讀得到。對醫生而言，算是一種挑戰。但是，再罕見的疾病，也不是一無所知，有醫師說，如果病人平常沒有高血壓，只有某些時候出現高血壓，就可能是內分泌與腫瘤相關病症，施予簡單的檢查就能查出來。

同樣的病症，全美每年都有六百例，如果以台灣與美國的人口比例來看，台灣若每年出現八十例應該不奇怪。當天晚上，我如果在沒有查明病因的情況下就死亡了，那我的真實病因就石沉大海了，家屬永遠也不會知道真正的死亡原因，我幾乎可以想見死亡證明書上的死因，不是「心肌梗塞」就是「心肌炎」（註三）！

我很慶幸自己最終還是轉回了台大醫院，台大加護病房醫護人員的專業、縝密的思慮與認真、不放棄的態度，確認了我的病因，大刀闊斧地拆了葉克膜，停止錯誤的用藥，正確地給予治療，救了我一命。

感謝詠華與戴醫師

那段時間，要特別感謝我的好朋友趙詠華以及戴醫生，當雅雅心力交瘁、束手無策之際，他們倆除了給予精神上的鼓勵，也提供很多醫學上的協助。

戴醫生除了具有獸醫資格，也是台灣第一位動物行為學家，比起一般人，自然多了許多醫療專業知識。當我還在北醫和死亡對抗的過程中，戴醫師曾以家屬身分進入加護病房，當時北醫堅稱我得了「心肌炎」，戴醫師希望北醫能盡快確認引發心肌炎的原因，詢問北醫是否做了PCR（註四），醫師對於家屬這種直接挑戰個人專業與決策的問題，似乎難以接受！戴醫師認為不該拖延，應該立刻去做，因為還要等待培養的時間才能得知結果，而當時的我，其實已經沒有時間等待了！戴醫師就這樣為了我，在北醫加護病房內，和主治醫師有了一場激昂辯論。以下是戴醫師轉述的過程：

戴更基：請問您幫王子做了心肌炎的病毒PCR分析了沒有？

主治醫生：你說要做哪一項（態度很差）？

戴更基：做你認為最可能的那一項。

主治醫生：我今天做和明天做有什麼不一樣？

戴更基認為醫生應該當機立斷，不該用這樣態度來回應家屬。（我聽了他的描述，心裡想，今天做與明天再做的差別很大，最大的差別有可能是：「我已經死了！」）

主治醫生又說：實驗室休息！今天做和明天做有什麼差別。

戴更基認為：PCR採樣後，需要 incubate（培養）的時間，先採樣先做，當然會不一樣了。

醫生很不爽的就走了。留下戴更基和三立的記者（沒有表明身分的記者），記者對著戴更基說：這醫生態度太差了吧！

你們趕快轉院好了。（後來我才知道那位記者也是我們共同的朋友之一，第一時間到現場關心我。）

戴更基表示，他跟醫師確認過病症，醫生十分篤定是「心肌炎」，但是成年人得「心肌炎」的機會太低了。如果真的是「心肌炎」，那恐怕病毒性的佔多數，所以，希望醫生確定是否為病毒性的。如果不是，那最起碼在兩三天之內要馬上轉向，檢查別的疾病的可能性。而且，如果是「嗜鉻細胞瘤」，有很多急救措施反而都會害了我。

在我轉診至台大醫院的這段時間，戴醫師除了積極閱讀相關文獻、尋找資料、遍查各類醫學書籍外，同時也不厭其煩地詢問國外醫界朋友，每天跟雅雅提供建議。他會根據每天的進展、醫師的解說，幫雅雅開出每天要向醫師提出的問題，Email給雅雅中英文不同版本的文獻，要雅雅跟著念書，不斷地提醒雅雅：要念書才聽得懂醫師在說什麼，也才知道要回問醫師什麼問題，家屬態度愈認真、愈積極，一定會讓醫生更關注你家人的病情。

為此，雅雅也更加認真閱讀學習！雅雅的幾個護士朋友、醫生朋友也都輪流進入加護病房幫忙看數據、看貼在病房門口的X光片子，輪流幫雅雅惡補！各方人馬緊密互動，就是希望在最短時間內，讓我恢復健康，這些人對我的幫忙，我銘感在心，無法言喻。

註三：截自目前為止，還是有很多人，甚至是專業的醫學保健網站，以為我當初所得的病症是「心肌炎」。我必須說，當時心臟是因為「嗜鉻細胞瘤」釋放的各種激素，導致心跳、血壓飆得超高，心臟過度工作後出現了衰竭的症狀。照心臟超音波時，醫生發現我部分的心臟肌肉沒有好好工作，卻沒有查明是「嗜鉻細胞瘤」在作怪，武斷地認為我是「心肌炎」，當時甚至認為我要走到心臟移植、換心一途。幸好到了台大後，醫師察覺到是「嗜鉻細胞瘤」在作怪，拆了「葉克膜」以後，我的心臟好端端地跳了起來，後續檢查也發現心肌並沒有受傷。

註四：PCR，全名Polymerase Chain Reaction，聚合酵素鏈鎖反應。PCR是一種被廣泛運用的診斷工具，可直接用來鑑定特定基因存在與否，以及用來偵測基因是否異常，像是在醫學上對遺傳疾病或腫瘤癌症的診斷及預後的評估；對細菌、病毒及黴菌感染的診斷。PCR技術可以大量複製某一特定基因，以使該特定基因達到可以被檢測樣本之目的。

善用自己

每個人生來都是有用的。不要說生為人類的我們了，萬事萬物都是有作用的，比如：木頭可以當材燒、石頭可以蓋房子、蝴蝶採蜜傳授花粉、森林調節氣溫……這個世界上，萬物都是有用的，絕對不要小看自己。人，當然也有大用處，每個人的用處不同，善用自己，就是對自己最好的照顧。

我覺得，每個人都應該對自己好一點，要先好好的認識自己、了解自己，然後好好的照顧自己。好好的照顧自己不是一種自私自利的行為，而是不讓別人擔心。學生應該把該做的功課完成，父母親應該共同承擔家庭責任，只有善用自己，把自己的作用發揮到最大，利他的行為一出現，許多愛的奇蹟就出現了。

生病的時候，一種向上、樂觀、積極的力量，促使我勇敢面對自己，我也善用自己的力量，當我老是想美好的事情，美好的事情就真的出現了。我想跟大家分享這樣的力量與感受，人生路上總有許多出人意料的變化，我們如果可以好好善用自己，藉事練心，始終懷著良善的念頭，這麼一來，不管出現哪一種變化，都可以好好去面對了。

面對孤獨

其實每一個人都是孤獨的。

我們生來一個人來，走時也一個人走。

很多時候，我們常常會感覺到孤獨，尤其是病痛時，遭受身體的折磨，那種孤獨的感受最深刻也最難過。

孤獨的時候，其實是一個人展現最真實自我的時候。你會發現，當你學會享受孤獨，這世界所有的誘惑就憾動不了你，包括身體上的病痛折磨。我太太唸過一本後來改編成電影的暢銷書《潛水鐘與蝴蝶》給我聽，敘述一位時尚主編正當人生黃金時期突然中風，未來一下子停擺。當他被困在身體裡面動彈不得，心靈仍然猶如蝴蝶般跳脫身體枷鎖，思緒得以自由飛翔。

我們每個人心中都有一些聲音，孤獨的時候，就是去聽那些聲音的時候。我們老是去說去要，說個不停，根本就聽不到自己心裡頭真正的聲音。因此，不要去忽略或拒絕那個聲音的存在，找到了那個聲音，你便找到了自己人生的控制權。而這個聲音，往往是在你最孤寂的時候，才會出現。

三部曲

逝去的十天

在北醫的時候，
醫生提出了要安裝「葉克膜」的需求，
醫生雖然徵得家屬同意做了安裝「葉克膜」的手術，
卻未告知裝了之後的副作用。
其實我一直不知道為什麼我的左腳要被截肢。
後來醫生告訴我，
是裝了「葉克膜」的不良後遺症，
左腳已經壞死，必須切除。
一直要到進手術房之前，
我都還不知道會切到哪裡，
我以為頂多是腳掌沒了。

左腿情況不樂觀

「葉克膜」手術後，醫生請雅雅進入加護病房，解釋目前的狀況。雅雅一進入加護病房，映入眼簾的第一床就是我，我被身邊的各種機器給淹沒了，身上的管子比之前更多、更粗。

醫生解釋了「葉克膜」的功能與目前的運作狀況，同時，向雅雅提出了，左腿可能面臨的缺血問題。雅雅回想之前醫生說可以進行這項手術時，並沒有提到左腿的事情，但要學習的事情實在太多了，醫生說的，雅雅一概全部先接收，回頭再慢慢消化。

醫生指著我的左腿，說明了血管繞道的技術可以彌補缺血的問題，但是因為之前強心針打太多，血管末梢都收縮得很厲害，所以，目前看起來血液補充的情況不甚理想。「不過現在摸起來還是溫的」，醫生對雅雅說，並讓雅雅去摸我的左腳。

第二天，雅雅進來探視的時候，發現我的身體有點涼，也有點抽搐的感覺，她向醫生反應，醫生說抽搐不是因為冷，是一種反射。看我光著身子，僅有一條薄被，雅雅還是很堅持要替我保暖，請醫生幫忙處理。

之後雅雅再進加護病房，醫生幫我蓋了一種可以充暖氣的被子，到了要轉院前，醫生再次跟雅雅說明了我的腿情況不明朗，但是現在摸起來還是溫的，應該情況還可以，醫生再次強調，「我已經盡量救這條腿了」。當時雅雅懷疑了一下，醫生為何不斷強調「這腿摸起來還是溫的」？又會有什麼意外狀況出現嗎？這條腿是因為外部加溫還是血液有流動而有溫度呢？……一堆疑問又冒出來，雅雅沒敢多想，反正馬上就要轉到台大了，等到了那邊再看看吧。

沒想到一轉進台大，醫生就說，左腿的情況已經很糟糕了，雅雅臉色一沉，沒想到兩邊醫生的說法差這麼多。她馬上跟台大的醫生說，在北醫的時候，醫生說摸起來都是溫的啊！醫生說情況應該還好！台大的醫生只能很婉轉地告訴雅雅，表面上摸起來是溫的，不見得裡面的狀況是好的，他們立刻緊急處理，在小腿上切兩道傷口，幫末梢減壓，讓血液可以多流點過去。

左腿狀況很糟，這是送進台大之前就出現的問題了。截肢，已經在所難免，至於要截到什麼程度，在膝上還是膝下，就要看我的身體爭不爭氣了。

截肢後

截肢手術後，我覺得整個狀況都很糟糕，我的身上有好多洞，左邊小腿和大腿都好痛，其實我並不確定我的小腿已經截肢了，因為我無法任意移動，而且截肢的小腿好像還是存在，總覺得疼痛的地方是在腳踝的地方，那裡應該是已經從我身上被移除掉了。

不存在的疼痛

我以為切除的是腳掌，除了疼痛感，還有腫脹的感覺。後來，我才知道，左小腿整個截肢了。截肢後，我健全的右腿就必須開始承受全身的重量，也因此，當我使用助步器練習行動時，我的手臂以及右腿，每天都會因為我的好強而產生乳酸堆積，這些堆積會產生痠痛。有次我都快要出院了，心疼老婆白天忙錄，不想打斷她的睡眠，自己下床跳著去拿助步器。誰知才剛下床，小腿不聽使喚，就這麼一痠，整個人摔了下去，截肢傷口立刻冒出血來了。當時我難過得大哭起來，我怎麼讓自己變成這個樣子，這麼沒用！這一摔，又讓我在醫院多住上一個星期，造成更多的負擔。

剛截肢的24小時需要把腿墊高，後來為了避免攣縮，必須將腿平放，那種隨時都不舒適的感覺變得很強烈，就算沒有碰觸到傷口，也會不時就抽痛幾次。

每次我試著下床坐上輪椅，就會感覺左腿的血流往下竄，肢體的末端感到異常的腫脹，每條神經都像電流經過一般。

我一直覺得我的小腿存在，雅雅問我哪裡痛，我會說左邊腳踝痛，其實那部位已經不存在了。醫師解釋說，雖然已經截肢了，但是大腦仍認為那個部位會疼痛，這是phantom pain（幻疼），如鬼魅般的疼痛。

每次換藥，要移除吸了滲血、沾黏在傷口上的紗布，總是因為生理食鹽水還無法軟化血塊及紗布，扯動到肌肉或皮膚，痛得我全身抽搐，痛得我簡直想拿頭去撞病床旁的護欄。

清創手術

清創手術是要把壞死的細胞組織刮掉，保留狀況良好的細胞組織。

根據平常換藥的狀況，左腿的癒合狀況不錯，壞死的組織還有，不過大多都是鮮紅新生的組織。我的疼痛感非常強烈。醫生護士說，「會痛」表示細胞還活著，清創手術之後甚至會更痛。我希望我能忍得住，能活著已經很好了，我幾乎是讓自己別想「痛」這件事。

清創手術後第一次換藥，雅雅拍了照，讓我看傷口的部份。我覺得自己的腿肉好像新鮮豬肉一樣，有血液淺淺的滲出，看得出有些地方循環不好，較黑的部份已被清除，留下外圍的皮膚與一部份的肌肉。醫師將下方（小腿肚）的皮肉往上翻，粗縫了兩針，和上方的皮肉接在一起，中央形成了一個空間，醫師要在裡面塞滿溼潤的紗布，到了換藥的時候，得把吸滿鮮血的紗布抽拉出來，用沾溼的棉棒伸進去裡面，將污血清理出來，再塞進去新的溼紗布。

我一直以為換藥只是要擦上什麼藥膏、藥水的，而且一直不明白那麼大的傷口要怎麼換藥？其實只是用生理食鹽水而已。醫師表示，那麼大的傷口要做的是「預防感染」，用藥反而會引起細胞反應，平常一個小傷口，皮膚會自然癒合，但是那麼大的傷口，皮膚是無法癒合的，只能保持細胞的新鮮狀態，維持濕潤，等到確定沒有細菌會造成感染後，就會再植皮來補。醫師同時會抽血來培養細菌，看看有什麼可能會造成感染的細菌，然後再依照那個細菌製作抗生素，由體內來幫我抗菌。

終於明白什麼是椎心刺痛

清創手術結束的第一次換藥，痛得我半死。那一次換藥將近花了一個小時，紗布塞進我的傷口中，塞得非常緊，也因為吸了滲血，紗布乾了，很難拉出來換新的紗布，只好不斷往傷口內部噴生理食鹽水。乾血的紗布終於取出，但是要再將浸過生理食鹽水的乾淨紗布再塞進去，疼痛又再一次。

清創後的第一個夜晚實在難以入眠。長時間臥床，我的肌肉缺乏運動，沒什麼力氣，翻身變成很痛苦的一件事。截肢手術後好不容易逐漸習慣，開始能自己側翻身了，但是清創手術後的疼痛，不但讓我的左腿動彈不得，只要稍微一出力，痛覺沿著腿部的神經排山倒海而來。

從早上六點開始，每天要換三次藥，幾乎是照三餐來的，每次換藥總讓我感到痛苦萬分，醫生無法說明什麼時候能縫合我的傷口，傷口縫合需要從大腿外側植皮，又會增加我身上受傷的面積，只有不停地換藥、換藥，究竟我還要換過多少次的藥，才能趕緊把傷口縫合起來？

截肢之後，每次換藥都痛得我亂七八糟，尤其是手術後的三天。我其實是個很耐痛的人，不會因為痛而不去面對，我想我是很認份的，每天三次換藥所帶來的痛楚，我都是以欣然接受的方式面對，因為痛，我知道身體還活著。每次換藥，雖然護士都會準備止痛針，不過說實話，這樣的疼痛感，止痛針完全是止不了的，不過打了針後，會讓我揪緊的心與肌肉同時放鬆下來，緩和一下心情，同時心理建設：來吧，我不怕了！

面對自己

小時候我一直覺得自己很懦弱。好像很多事情都做不好，沒有耐心、沒有毅力、沒有能力。長大後，我研究星座占卜，研究天體運行的道理，才開始發現、認識、並且去面對自己。

我所認識的自己，在我失去一條腿之後，又得重新大調整。以前我可以很輕易的抱起老婆，現在我容易失去重心，得費很大的勁才抱得動她。我對自己的認識，因為失去一條腿，每天都在改變、每天都有新發現。

當我走出醫院，我想起自己以前喜歡騎腳踏車，感受微風輕拂的喜悅。我決定要騎單車環島。朋友聽了個個驚奇：「你是認真的嗎？」因為現在的我，不是以前雙腳行動自如的我，現在的我，左腳裝義肢，踩在腳踏車上的踏板上是沒有、也不會有感覺的，萬一腳底打滑、脫落、摔車、而路況又危險時，該怎麼辦？

但是我還是決定去完成這樣一個想法，因為想要把握有限的生命。我想實現自己的願望與承諾，想忠於自己的意志力，想再度超越自己，不再回到幼小懦弱的心境。面對自己時，我知道，我還有一隻腳，這隻腳不一定是強而有力的腳，但我確實擁有，我願意克服內心恐懼，面對自我，再次自我創造。

不要害怕改變

年輕的時候，我們總是不斷尋求改變。年老的時候，我們開始害怕改變。佛家說：這世界唯一不變的就是變。更像《易經》所探討的易理：從不變中尋變，從變中自處。

截肢後，我的生活發生了很大的改變。我如果不去適應這樣的改變，就是跟自己過不去。我的身體雖然有殘疾，但是如果精神上沒有殘疾，也就沒有任何問題，頂多是生活上增加了一些不方便而已。當改變的狀況發生後，如果無力挽回，只有面對、接受、適應，從中協調，取得一個改變後的最佳平衡點。

其實每個人的身上，都會有那麼一點害怕改變、又亟思改變的基因。有些事情促使我們被迫改變，有些時候我們主動想要改變，前者我們得去接受，後者讓我們去探索，不管怎樣，都是一種體驗。人生像場球賽，對手是自己，勝利、平手、失敗，都得自己來扛。

我有很多朋友是不喜歡做改變的人，其中很多是金牛座，或是有著金牛座強烈影響的人，他們都不喜歡改變。我常常看著他們錯過了該變的時運，等到他們來向我埋怨時，或是來問我時運時，大多為時已晚。這當然不是金牛座特別如此，很多人也都有這樣的問題。

不要害怕改變，這世界本來就是一直在變。

天使的錨

進手術房前，我感覺整個身體，就像一艘破艇，在狂風暴雨的大海中航行，大海就像是要吞噬一般地不停蹂躪船身。而靈魂有如被狠狠丟出去的錨，隨著它的重量，一路沉、沉、沉……沉入海底，彷彿曾經有那麼一瞬間，我的呼吸停了、時間停了、風也平了，浪也靜了……似乎過了很久，我的靈魂又再度有了呼吸，被丟出去的錨，又再度被收回到小船上，我看到了久違了的陽光，那樣溫暖、那樣幸福，那道陽光，是我昏迷前腦海中最後留存的畫面！

無預警的二次頭痛

沒想過這樣的病（我後來知道它的學名叫作「嗜鉻細胞瘤」），會發生在自己身上。我往前回溯，想找出發病的最初：

那天和平常沒什麼太大的不同，我和家人一起去逛夜市。在去夜市途中，頭卻無遇警的痛了起來，痛到不能走，痛到舉步維艱，明明只有400～500公尺的路程，卻走上了半個小時，每走一步，就痛一次，伴隨而來的，還有呼吸困難，覺得好像有人用手掐著我的心臟、用鋤頭重重地一下又一下地敲著我的頭，難受極了！

太太在身邊攙扶著我，過了一會兒之後，情形依然沒有好轉，於是我去了醫院作檢查，這是第一次發病，醫生查不出病因。因為是第一次，我也不太以為意。

第二次發病是在二天後，搭乘捷運的途中，又是無預警的頭痛，突然有如失心瘋一般爆烈的狂痛，痛到無法直背，無法思考，我趕緊手抱著頭，只能慢如牛步地走下捷運。那天是個冷颼颼的冬天，我的冷汗直流，反常地流了大約半個小時後，頭痛才逐漸舒緩。我再度跳上捷運，一路坐回家，回家後，頭不再痛了，於是沒有立刻就醫，但是心頭隱約有個沒有說出口的想法，感覺自己的身體該是有什麼地方不對，該找一天，好好認真地作個檢查了！

檢查不出病因

我去醫院，抽了血、驗了尿，醫生看了報告，只說是中性脂肪偏高，尿酸偏高，但是依然跟第一次就醫的答案一樣，沒有給我任何可以解釋我病況的答案。

我的頭痛，並沒有因為找不出病因而減少一絲疼痛感。查不出病因，卻又頭痛，一直給我忐忑不安的感覺。

每一次的頭痛，都伴隨著心律不整、心跳速度變慢了，有時甚至是每分鐘只跳四十幾下，雖然依然找不出病因，但我相信心律不整絕對是個問題。

我雖然不知道自己到底怎麼了？但是這樣下去，也不是個辦法，於是，一個念頭閃過：我不能就這樣坐以待斃！我想到或許我可以藉由改變飲食習慣，開始幫助自己，於是我開始杜絕太鹹的食物，因為太鹹的食物，容易造成高血壓，我想有可能是因為血壓太高，造成頭痛。那是我當時的想法，飲食調整後，好像頭痛的情形有改善，可是人還是覺得不對勁。

第三次發病

在這期間，或多或少都有一些零星，卻沒有很嚴重的癥兆，有一次嚴重的發病，是和太太去馬祖玩。

我記得有一段路，必須要爬樓梯，爬著爬著，一個無預警，頭痛又發作了，痛得不能走，必須立刻休息。這一痛，痛了近半小時，寸步難行，說得更清楚一點，應該是動彈不得。

爬樓梯爬到一半，頭痛欲裂，整個人就靠在階梯上，要命的頭痛，一次、兩次、三次，一次比一次發生的突然，一次比一次疼痛得厲害，一次比一次痛的時間要長，醫生卻始終檢查不出來。

我真的因頭痛開始緊張了，誰也沒想到幾次的頭痛，就是身體最大的警告。身體想提醒你，這【大大】的不適，是人生中一個【大大】的關卡。我沒想到，頭痛只是整件事情的一個因，最後竟還導致了截肢更大的果，死神來勢洶洶，要帶走我的一切，在昏迷的十天裡，所有發生的點滴，改寫了我人生的下半場！

我不能死

因為昏迷，我反而成了最幸運的人，一來不知道自己的病情有多嚴重，二來看不到所有來探視家人和朋友們的憂心如焚。

躺在病床上的我，已經呈現昏迷狀態，頭痛開始時還有模糊的意識，之後歷經永和耕莘、台大、到北醫、手術室後進入加護病房，全身上下都插滿管子，再回到台大加護病房，已經昏迷毫無感受……取而代之的，都是我的夢境。

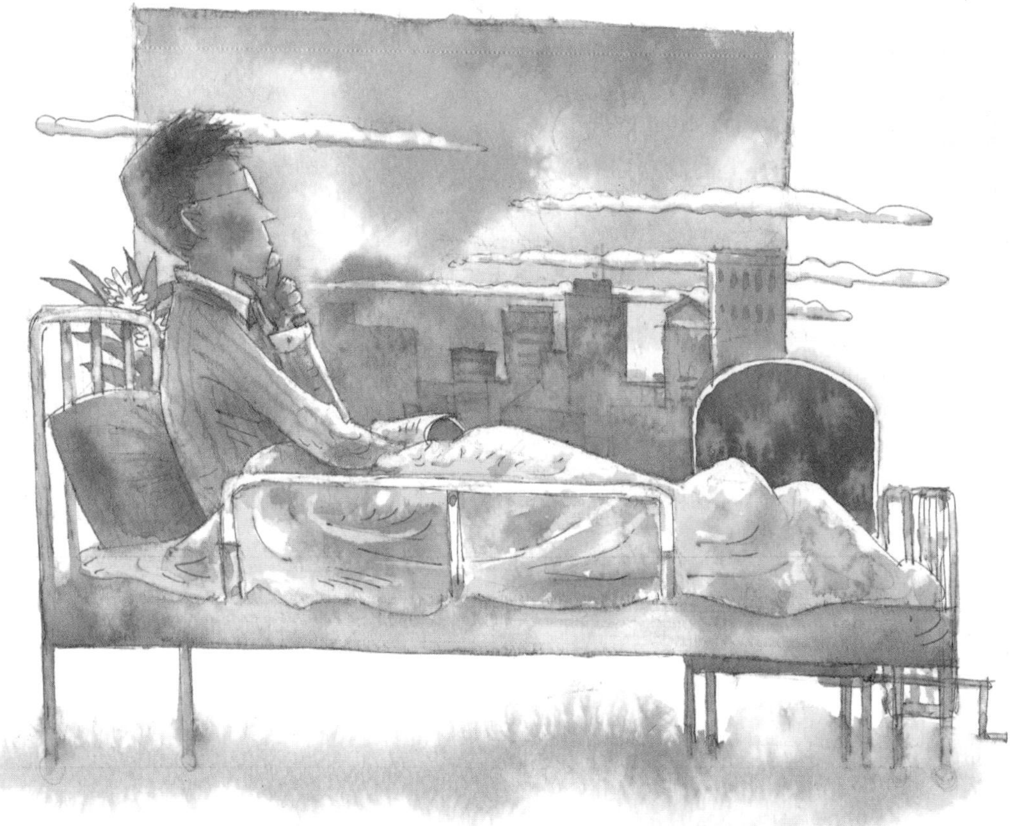

我覺得自己的身體是海上的那艘破船，靈魂則是沉入海底的錨，躺在無聲無光的海底，靜靜地、靜靜地等待。

是老天爺安排了我的昏迷嗎？

我會傻人有傻福嗎？

窗外的薄暮，會在明天帶來新的契機嗎？

當北醫要進行「心肌梗塞」的手術時，我被推進手術室，說真的，我不記得當時周遭環境，過程中，也完全沒有好奇的能力去理解一切。只記得有一瞬間，我心頭閃過一個畫面：我先前的人生好像快動作一般，在腦中，快速閃了過去。

我想到了我的父親，以及小時候發生的一些事情，我突然想到：我是不是就要去找父親了？父親在我高中時候就過世了，這些年來我一直很思念他。這一閃而過的念頭，將我帶到了兩個兒子前面，父親還來不及看著我成年就離開了，他一定感到很遺憾，我看著兒子，內心想著：我不能走父親的路，我還不能去見他，不論我有多麼想他。我想著我的兩個兒子，內心不斷出現：我不能死，真的不能死！我在心中默默記住這句話，像是自我催眠一般。我相信學心理學的雅雅，一定在另一端期待我從昏迷中醒來，我想著我不能死、不能死……然後好像慢慢地、深深地睡去了，感覺我心中的錨，被我的心靈丟了出去，沉入深深的海底，只留下了殘破的身軀。

現在就做

我以前是個做事情拖拖拉拉，很多事情都完成不了的人。自從生病之後，有感於生命短少而不可掌握，做起事情來就積極許多了。當然有時也還是會拖拖拉拉，不過就因為有了生死關頭的經歷，至少比以前要努力了。

我相信很多同學面對課業，常常會有意興闌珊，不想去做的感覺。很多人往往就是憑著感覺，東摸摸、西摸摸，時間就這樣荒廢掉了。其實很多事情想差不多的方向就好了，一直想一直想就變成鑽牛角尖，自己陷入迷宮陣，摸不出來方向，最後一事無成。一個人最黯淡的時候不是沒有工作或沒有目標，而是生活無聊。

像我這樣一個歷經鬼門關出來的人，看事情的角度會變得積極樂觀許多。只要是自己想清楚要去做的目標，不囉唆，現在就做，因為，現在不做，更待何時？不管做出來的結果，有沒有達到我的目標，如果盡了力去做，終究是一件值得高興的事。

很多跟我聊過天的人都知道，我會隨便想東又想西，有時沒有去完成。在聊天的過程中，其實也是去了解自己的想法是否可行。有時無法得到他人的認同或是協助，也許當時不可為，未來卻可成。重點是我不是只有想，我至少開始了第一步，去試著看看可行與否。

無聊絕對是生活的負擔，與其無聊，不如設定目標，而且現在就做。你會發現，「去做！」，勝過其他一切口說；「去做！」，會帶給自己無比的滿足。

勇敢追夢

一個人心中如果沒有夢，心靈會貧脊得猶如槁木死灰。我覺得每個人都應該有夢，但是很殘酷的，大多數人的夢都是虛幻的白日夢。我也曾經是屬於這一類光做白日夢的人。

我現在總是以正面的、積極樂觀的態度，看待自己要做的每一件事情，遇到困難的事，只要想到如果再不做，就沒有時間做，事情的困難度就好像減少了。後來我發現，原來，只要心境改變，事情的轉機就出現了，事情就改變了。

我相信每個人心中都有自己想追尋的夢想，在夢想、理想和現實之間，不管有多大的距離，最重要的，就是要去「實踐」，其實只要始終堅持著毅力和決心，一步一步去做，聚沙成塔、滴水成河，猛然一回頭，竟然發現：做成了！那是最棒的一種快樂了！

人一定要有夢，要有目標。定下自己的夢和目標，生命才不會空虛。但是要提醒大家，目標一定要實在可行，不然，定的太高，自己做不到，愈來愈灰心，愈來愈沒勁，說什麼都是白搭的。

勇敢追夢，只要有作為，生命十年勝百年；沒有夢的人生，活到百歲猶如未存。

重回人間

撿回了一條命，
我又重回人間。
在加護病房的那段時間，
可真讓我嘗盡了不為人知的苦頭……

我要冰塊

從鬼門關前撿回一條命，我從加護病房醒來，已經是元月七日的事情了。不過我真正有清楚的意識，是在元月十日。七日我剛醒過來時，沒來由地極度口渴，好想喝水。

口乾的原因，是我的嘴巴一直插著管子，嘴巴半張開，七天都沒有任何飲食透過嘴巴進到我的身體，全都由插管直接送進胃中。

醒來後，護士告訴雅雅，必須控制我對於水的攝取量，但是我的嘴裡、心裡、身體，同時傳出了超渴、極度想喝水的訊號。為了遵照醫師指示，只能用大支的棉花棒沾水，一點一點的沾，把有限的水，一點一點濕潤我的嘴。

這樣的方法對我而言，根本是緩不濟急。我不斷地跟護士要沾水棉棒，幾次以後，護士問我要不要含冰塊？我點頭如搗蒜，護士於是給我一些冰塊，讓我含著。冰塊是慢慢融化的，它不會讓我的身體一下子湧進大量的水份，又能充份化解嘴巴的口渴感。

給我汽水

冰塊之後，沒想到我心裡又出現另一種渴望：汽水！只要有一瓶、幾口、甚至一口就好，我就會覺得自己是世界上最幸福的人。

還在加護病房，嘴裡插著管子的我，得不到汽水的滿足，不但不能火大下床自己去買，甚至說不出話來，只能依依啊啊地比手劃腳。護士看著我急躁，拿了紙筆給我，我卻連握筆的力氣都沒有，當時除了狼狽，心情真是沮喪到了極點！

護士小姐和家人繼續用棉花棒沾上一點點的水，送進我口中。無法滿足有著汽水慾望的我，只是持續不斷口渴，有種揮之不去的無力感，加上鎮靜劑的作用，再次伴著我昏沉睡去！

終於，雅雅和朋友進來看我，我比較清醒了點，想要跟他們說：我好想喝汽水。他們學護士拿紙筆給我，我試著想寫，但是寫出來的東西歪歪斜斜的，連自己看了都搖頭！雅雅突發奇想，在一大張紙上按順序寫出字母A到Z，還有注音符號，讓我一個一個指出符號，他們再一個一個拼起來。

眼看著我的願望就要實現，想到那橘子口味的氣泡在嘴裡滋滋跳的感覺，我努力提振精神，用不太清醒的腦袋，努力地拼湊，手指無力地在紙板上滑動，一個一個指出了我心裏的吶喊：我要喝芬達！

這就是我清醒後表達的第一個完整句子。

大家拼出了這個句子後，面面相覷，哭笑不得，一再跟我確認，真的嗎？我點頭如搗蒜，努力睜大眼睛，證明我是清醒的、是認真的！

雅雅只好跑去問醫生，醫生表示可以，不過我嘴裡還有管子和固定用的膠帶，含糖分的東西最好還是不要喝太多。彷彿接獲聖旨，朋友興奮地跑到樓下便利商店買了一瓶芬達上來。透過吸管喝到的第一口汽水，簡直是置身天堂！我的嘴裡塞滿了管子，但那一口之後的呢喃輕嘆，在場所有人都聽到了，都笑了，都懂得我無法言喻的滿足了。

我出院之後和雅雅去上了電視節目「康熙來了」，雅雅在節目中說到我醒來開口第一句就是要喝芬達，節目播出後被廠商聽到了，還特地送了幾箱給我呢，真是感謝他們的有心。

加味的冰塊

由於我的身體狀況，實在不能攝取太多水分、糖分及電解質，但不安分的身體，每天都想要喝汽水、運動飲料，醫師跟護士看我有點過份了，於是開出了「封口令」，禁止我再亂喝東西了！

再加上當時的我什麼也不能吃，用餐時間都是小姐用鼻胃管灌安素，嘴裡淡淡苦苦地嚐不到任何味道，所以護士小姐教雅雅，可以在家裡製作一些加味的冰塊，這樣他們就可以餵我吃一些有味道的東西。雅雅就在護士小姐的指示下，在開水裡擠一些新鮮檸檬汁，製作了一些檸檬口味的冰塊讓我解饞。

這些可愛的冰塊，是我醒來之初享受到的唯一美味，真是令人難以忘懷。

活著的感覺

昏迷這段時間，那活生生逝去的十天當中，到底發生了什麼事情，我不是很清楚。不過醒來後，口渴的慾望，讓我再度有了活著的感覺。有了朝思慕想解渴的水流進身體，突然又有了活下去的戰鬥力，覺得活著真好！這是一個很奇妙的感覺，我知道肉身並沒有死去，因為身體強烈地需要水。

當我再度醒來，可以重新有機會，再去感覺自己是活著的同時，我很想知道，在那十天當中，我是昏迷的；那其他人，其他人都在做什麼？

我的微弱生命，靠著搶救、靠著治療、靠著求生意志，一點一點地延續，甚至連水這樣輕而易舉可以攝取的物質，也得一點一點輸送。一步一步活下去這件事，注入了我的身體及心中。我好像逐漸了解到：我的生命有了元氣、有了生氣、更有了勇氣，我知道，我必須一點一滴地累積力量，面對未來的一切挑戰！

抓住幸福

幸福抓抓的住嗎？用相機、用手機、用夾子、用錄音筆……幸福抓抓的住嗎？

我們也許抓住了片刻的歡樂，抓不住永遠的幸福。

真正的幸福，來自於滿足。你給小孩子一顆糖果，小孩的微笑好像置身天堂，那種幸福連身為大人的我們都能感受得到。幸福來自於滿足，而滿足的標準，愈少愈好。每當我們覺得自己不幸福的時候，其實只要回頭去看自己擁有什麼，如果你夠知足，就會發覺你已經夠幸福了。

幸福這個東西是很微妙的。你說它存在，它便存在，你說它不存在，也真的就不存在。幸福很無形，就像空氣、像水，我們可以感覺到它們的存在，但是用手抓，它們會散去，無法抓在手中。我們的手雖然抓不住，卻不代表它們不存在。人人都想抓住幸福，但不是說要抓住就能抓住的。如果你覺得自己不幸福，那你就真的會不幸福了，這並不代表著幸福沒有來，而是你連幸福是什麼可能都不知道。

如果大家認為吃虧就是幸福，能夠付出就是幸福，能夠成為人就是幸福，那天底下，還有什麼是不幸福的呢？不幸福的原因，都是來自於我們的無知，以及面對環境無力改變的無奈。誠實面對自己，你會知道，幸福在身邊的。

快樂自己找

小時候的我常常覺得自己不快樂，因為我有很多夢（白日夢），白日夢做多了，生活中便有許多失望。後來我才知道，是這些失望讓我不快樂。長大之後，我知道，我心中的夢不去執行，當然不會出現，不會出現當然就會失望，失望了就當然不快樂了。

我其實算是一個悲觀的人，有一天一個朋友傳來一個郵件，主旨上寫著：你們聊，我先走了。我看到嚇了一跳，以為我朋友發生什麼事情。後來看了郵件內容，大笑好久，原來這個郵件講

的是一個笑話。我那天發現，原來，快樂這麼容易，一個笑話、一個不經意的事情，就可以讓人這樣開心。

後來我體悟到，快樂是一種原創。只有自己才知道自己做什麼最快樂，自己才知道自己要怎樣才快樂。如果你的快樂來自別人，我想你一定很容易情緒起伏，上上下下，因為你的心思受太容易受別人波動、影響、完全被別人牽制住了。

快樂要自己去尋找。大膽的走自己的路，不要怕被別人批判。自己的快樂，只有自己可以掌握，不要老是把快樂寄託在別人身上。當你快樂了，你便可以感染別人，讓別人跟你一起快樂。

魔鬼的交易

當雅雅告訴我，
網路上有網友反應，
星星王子在藉著自己截肢的事件來炒作新聞。
我聽完之後，真是哭笑不得。

拿一條腿來換

假設如果有這樣一個魔鬼的交易：在演藝圈紅一輩子，條件是拿一條腿來交換，有人會願意嗎？

一條腿，交換後半輩子的名人光環。你，願不願意？

我當然不願意！

我寧願選擇作個最一個最普通的人，一個最平凡的父親。只要身體健康，可以四肢健全的陪著孩子長大，就算一輩子無法大放異彩、榮華富貴，甚至一輩子默默無聞、一輩子窩囊，我都願意。

活到今天這把年紀，還沒有聽過任何一個人，為了要紅、要出名，寧可在自己最不堪的時候，把自己的傷口攤在陽光下，成為大家茶餘飯後的話題。遭逢這樣的變故，家人除了盡力想挽回我的生命，除了努力想讓自己恢復健康，別無所求。性命交關的那一兩天，我們連是否活得過當天都不知道，怎麼可能有心思為日後的新聞版面布局？

這世界不知怎麼了，好像許多的價值觀都顛倒了。我原本有股衝動，想寫封信給這位網友，想想之後，甩了甩頭，好像這樣做意義不大。不同的事情，每個人都會有不同的看法，就由著他去吧！真正失去一條腿的人是我，後半輩子要與殘疾共存、面對不便生活的是我，真正會體會到箇中滋味的是我，別人是很難了解的。我只能衷心期望，這個世界多些溫暖，大家互相照顧，設身處地，多為別人想一下！

沒有感覺的感覺

肉身困頓的我，在生命最不該轉彎的地方乍然逆轉，我恐慌、也害怕。當我醒來的那一刻，我只有一個念頭：如果就這樣走了，媽媽怎麼辦？老婆怎麼辦？兒子怎麼辦？

或許是因為有了「我要活下去」的信念，在面對生命的考驗時，心中很篤定地有了勇氣。當我面臨是否要截肢的決定時，心裡就算有百般、千般、萬般的不願意，就算震驚到無法接受，但如果這是唯一可以讓我活下來的辦法，我別無選擇。

從台大醒來之後，加護病房的主任，每天都來探視我。他用原子筆刺我的腿，問我有沒有感覺？我眼睜睜看著原子筆，一次次刺進我的腿，心裏多希望它有感覺，多希望它會痛。

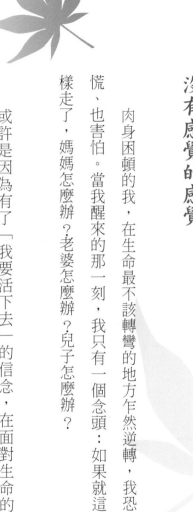

但是，一次次落下的原子筆，伴隨來的，是一次次地失望。

難道了我的腿和我的身體註定緣份已盡了嗎？我就只剩下一條腿可以走了嗎？這種沒有感覺的感覺，是非常令人難受的。然而任何事情的發生，都是一種啟示，面對這樣「水裡來，火裡去」的驚險歷程，我必須慶幸，自己已經活了下來，失去一條腿就失去吧。

我想沒有人願意失去身體的任何部份，如果這是生命中必經的一個難關，除了接受，還是只能接受。

在此，我要特別感謝雅雅，她沒有在我昏迷的時候，替我做截肢的決定，而是在與醫師協調後，在可控制的情況下，請醫生保住我的左腳，讓我自己清醒後做自己的決定。雅雅說這是我的人生，應該由我來做決定。我感謝她，讓我在截肢前可以無懼，截肢後可以無憾。

我要對雅雅說，我很慶幸自己可以有機會認識妳，娶妳當老婆，成為我的人生伴侶。因為有妳，我的生命更完整。

活一天就是賺一天

我感嘆生命的寶貴：有人拼了命和死神搏鬥，努力想要活下來；也有人簡簡單單地結束自己的生命，輕易對死神投懷送抱。

我臥病在床的那一段期間，每天只能看電視。那一段期間，有不少名人出了事，失去了生命，如年紀輕輕的許瑋倫、以及正值壯年的馬爺馬兆駿，這讓我真是感慨萬千！有些人想活下來，卻被上天無情地帶走了，而明明還可以活得好好的人，卻因為一時難關過不去而自尋死路。同樣是生命，一種是無奈，另一種卻是糟蹋。

撿回生命，失去一條腿，給我什麼啟示？我從沒想過在我這一生中，可以有機會體會身心障礙者的痛苦。老天爺給了我這機會，我也坦然地面對生命中的不完整。既然我可以活下來，就表示在這個世界上，我絕對還有未竟的任務。我期許自此而後，可以多參與公益相關活動，用自身的經驗，幫助更多在生活中遭遇困難與不便的人！

假設我的人生終點在2006年的最後一天；2007年的第一天，就是我重獲新生的日子。我告訴自己，現在每多活一天，就多賺一天。我相信真正的樂觀，是必須透過全然的悲傷後，才會逐步淬煉出來的。

我，可以重新站起來！你，一定也可以，當我們走出自己的心魔、走出憂鬱、走出自己給自己設下的界線時，我相信人生就會走出一條新的道路，甚至會過比過去更精彩！

再多等一分鐘

如果你著急，請深呼吸一口。
如果你煩惱，請深呼吸一口。
如果你憤怒，請深呼吸一口。

當你深呼吸的時候，那句會傷人的話、抱怨的話會停留一下，藉著深呼吸，隨氧氣帶進大腦，思考將語言轉換成另一種溫馨的話、體貼的話。

深呼吸就是多等一下，多等一分鐘也好，一分鐘不行、30秒也好。很多事情，就是這樣：「事緩則圓」。

天底下沒有非要怎樣不可的事情。沒有活不下去的難關，沒有非誰不可的情感，如果有的話，都是自己鑽牛角尖，想不開，看不透。我生病住院的時候，看到醫院有多少人想要活下去，他們想盡辦法要一口氣，有時候想要延續一口氣，是多麼珍貴難得的事情。

當我看到社會新聞有這麼多人動不動就跳樓、燒炭自殺，包括曾經有位作家朋友情關難過選擇自殺，我都會很惋惜。我誠心希望，想不開的朋友，想自殺的當下，可以給自己多一口深呼吸，去感受氧氣穿進肺、有呼吸、有生命的美好狀態。也許自我了斷，是忘卻煩腦的快速方法，但這瞬間的抉擇，會為週遭多少朋友帶來多少痛苦？

生命是不斷學習的狀態。我們在學習什麼？學習去愛，學習愛人，學習付出，學習堅強，學習自立，學習不要自輕自賤。自輕自賤的人，即使是一片落葉，也可以被壓垮啊！

人生最重要的追尋

如有人問我，人生最重要的追尋是什麼？

我毫不遲疑的回答：「幸福、快樂、圓滿。」

大多數人對於幸福、快樂、圓滿的定義是什麼？車子、房子……嗎？這些屬於物質的追求，不是絕對的需要，妻子、兒子……嗎？這些屬於生理或心裡的需要，也不是絕對的必要，那人生最重要的追尋是什麼？

我想了很久，這句話應該倒過來問：「人生最重要的追尋是什麼？你在人生中想要的是什麼？」對我來說，我只希望不讓自己後悔，不要白活這一遭。當死亡突然出現在我生命中，我別無選擇，只有勇敢面對，如今回過頭看，竟發現：當時死亡威脅的確是一道困難的關卡，而我一旦走過，再困難的關卡，也成了生命這道可口佳餚的調味料。

在人生路上，摔倒是常有的事，小時候我們不也時常摔倒嗎？跌倒之後，一定得爬起來，才會再有開始。但是當一個人摔倒的時候，如果自己不想爬起來，別人再怎麼幫也幫不來。人生中要追尋的東西很多，因人而異，有人追尋愛、有人追尋名、有人追尋成功、有人追尋健康。我希望給予家人、朋友、認識或不認識的人更多的愛。朋友，你呢？

把拔的把拔

做心導管手術時，
當麻醉劑逐步發生作用時，
我心中曾經快速閃過一些畫面，
我看到白光、看到父親、
看到大寶及剛出生沒多久笑嘻嘻的小寶……
我突然抗拒那道白光，只想著我要活下去。
現在回想起來，父親不是來帶我走的，
父親是來祝福我的，
他讓我看到我的二個寶貝兒子，
要我不要步入他的遺憾……

這個人是誰啊？

剛搬完家，依舊零亂，有的東西怎麼找都找不到，有的東西卻又毫無預警地跑出來。那天，兒子指著我剛整理好的書櫃上一張照片，用一貫的童言童語問我：「把拔，那照片是誰啊？」和兒子一起看相片的同時，我的思緒隨著時光隧道，回到了當時的時空背景。

我還記得，小時候，每到星期天的一大早，窗外灑進的晨光中，總是襯著動人的歌曲，以及幽幽的旋律。爸爸是喜歡聽音樂的，架上有Carpenter，有Bee Gees黑膠唱片，空氣中同時迷漫著淡淡的吐司香，以及濃濃的奶油味。在那樣的年代裡，我的爸爸是帶點洋味的。

爸爸對我的疼愛，是十分的靦腆以及傳統的，他總覺得自己給的不夠多，應該給更多一點。爸爸三十七歲那年才有了他此生的第一個孩子，可想而知，我的童年是充滿著「年老喜獲麟兒」的新手爸爸滿滿的愛，還有滿滿的期望。

破腳踏車千里尋兒

爸爸的愛既非敲鑼打鼓型，也非故作冷淡型。對我來說，爸爸的愛是身體力行的。記得有天放學，有個同學沒有公車票可以坐公車，雙魚座的我，懷著慣有的同情心與自我犧牲，就義無反顧地把自己的公車票給了同學用。

逞完英雄後，自己得獨立面對掌聲後的孤單：一步一腳印，自己走回家去。走著走著，沒想到天色漸暗，離家的路還好遙遠，但是，也只好懷著自己是行俠仗義的大俠心情，硬著頭皮繼續走下去。

我後來才知道，遲歸的我讓父親焦急擔心不已。爸爸坐立難安，便跟隔壁的方叔叔借了一台腳踏車，立即上路尋找。腳踏車又破又舊，一路上不但騎得吃力，也刮傷了腳，但爸爸依然堅持，要趕緊找到我，把寶貝兒子接回家。

走在路上逞英雄的兒子，終於碰到了騎著破腳踏車的老爸。夕陽餘暉，一老一小，加上那台破腳踏車，大人小孩的背影被拉得好長……一切的一切，彷彿歷歷在目，好像是昨天才發生的一樣。只是物換星移，一轉眼，我自己也為人父了。

看到兒子指著爸爸照片，此時此刻，我也好想跟爸爸撒撒嬌，說說話。

最後一次與父親對話

正式要上小學一年級的前夕，爸爸牽著我的小手，走進了學校的教室。

爸爸和我一起坐在教室的椅子上，爸爸很殷切的跟我說：「你以後就要在這裏上課了，要好好用功讀書，知道嗎？」我似懂非懂地看著他，點了點頭，那時年幼的我並不了解父親語重心長、殷殷期盼的心情。

我覺得教室好巨大，還好有爸爸在旁邊陪著我，讓我覺得很安心，很有安全感。爸爸在教室坐了好一會兒，然後才帶著我離開。年幼的我，常常覺得只要有爸爸在，什麼都不擔心！

爸爸對我這寶貝兒子，全心全意付出他的愛，讓我在陌生的環境下毫無畏懼。長大後，我再回到學校，同樣的長廊，同樣的教室，對我而言，景物依舊，但人事全非。小時候那種教室巨大的感覺不見了，取而代之的是，所有的東西好像都變得很渺小。但是，當年的畫面在我腦海中，卻是清楚又深刻的。當年的小男孩，現在已經長大成人，而當年身邊有雙大手牽小手的爸爸，也已經撒手，離開了人世。

那是最後一次跟爸爸面對面的對話了。潛意識裡，我一直拒絕接受爸爸可能會過世的事實，躺在病床上虛弱的爸爸，我驀然地看著他，心裏有好多話想說，但卻全都哽在喉嚨裡，一句話都說不出口。

爸爸看著他最寶貝的兒子，慢慢地開口說話：「唉！你這孩子，什麼話都不說，全部都放在心裡。」簡單幾句話，從爸爸的口中說出，酸了我的鼻頭，立刻流下淚來，我知道爸爸是懂我的，懂我的心、懂我的意，這些懂，讓我不知所措，我那千言萬語說不出口的難過，爸爸全部都懂。

那時的我，已經是個上高中的大男孩了，正處於不知如何表達愛的階段。緊靠在爸爸床邊的我，看著爸爸的臉、聽爸爸講話，一時之間，百感交集、千頭萬緒，心裡的害怕突然全湧上心頭，爸爸要離開自己了、要離開這個世界了！

怎麼辦？我好想為他做點什麼事情，做什麼事情都好，誰能告訴我，我可以做什麼？我還可以做什麼？我好想跟他講講我心裡的話，我好想告訴爸爸：「對不起，我沒有好好用功讀書；對不起，我沒有考上好的學校；對不起，你唯一的兒子讓你失望了！」一連串的對不起，在心裡逐字逐句排開，不爭氣的我，當下一個字都說不出口，只是趴在爸爸的床上哭，哭自己的恐慌、哭自己的不爭氣、哭爸爸如果真的就這樣走了，我們該怎麼辦呢？

爸爸不斷輕拍我的頭，一遍又一遍，好像告訴我，他瞭解我的心意，不管我在外面怎麼樣，我的表現怎麼樣，我永遠是爸爸的心肝寶貝。

這是和爸爸有生之年，最後一次父子倆見面的畫面，就在那年中秋過後三天的清晨，爸爸因肺癌病逝於三軍總醫院。

愛的延續

我常常覺得自己很幸運，有個這麼疼我、這麼愛我的爸爸，讓我的童年，充滿了濃濃的愛！

如果真要說有什麼遺憾，就是爸爸走得太早了，早到讓我只有機會，一直享受他對我的付出，卻來不及報答。

爸爸走的時候，我才十幾歲，無法完全體會他的用心良苦，我一直享受爸爸給我的父愛，還沒有足夠的能力，可以好好孝順他，讓他含飴弄孫，享受天倫。

我一直想把爸爸當年對我無條件的愛，同樣地去愛我的兒子，這是我們代代相傳的親情，讓愛延續、無遠弗屆。

思緒拉回到了當下和孩子的對話，困惑的兒子一直拉著我不停的問：「把拔，那到底是誰嘛？」不自覺紅了眼眶的我，回過神說：「那是把拔的把拔，也就是你的爺爺，知道嗎？」

關於愛

每個人都想得到愛，但是有沒有人探索過：「愛」是什麼？
聖經裡面說的愛和你心中的愛，差別很大嗎？
詩人說：「愛是一把利刃，兩面傷人。」是這樣的嗎？
我怎麼看愛呢？
我覺得「愛是一種源源不絕的能量」，
是某種愛人的能力，
這種能力，
不求回報也不會受傷，

付出之後始終會有，
與財富無關，
沒有貧賤之分，
人人與生俱來，
可惜的是，
大多數人沒有學會「如何去愛」。

如果說，你的愛曾經讓你痛苦欲絕、失去了前進的動力，我會希望你從這一段苦痛的愛當中學到些什麼。你只有先跳脫苦痛的愛，真實的去面對這段愛的過程和問題，才有可能學到經驗。當你學到經驗之後，你會成長，不論那一段感情的結果究竟如何，總是會有美好的人生出現在眼前。

在人生的路上，愛始終是個難題，想要清醒掌握愛的鑰匙，就要勇敢駛向它，不要因為一時的險灘、激流、濃霧，而擱淺了我們去愛的能力。

日日是好日

時光是不會回頭的，不管我們是高興、快樂，還是悲傷，是前進、退步、還是一直在繞圈圈。明天絕對不可能是昨天，昨天過了就是過了，留也留不住。所以，不要把昨天的煩惱留在今天，也不要把未來的妄想放在今天，今天的事情，今天去面對，如果煩惱沒有解決，就會一直存在，存在是有壓力的，有壓力在，就無法開心。

有一次我去學校演講，在座都是學生的媽媽，只有我一個男性。我特別感覺到，那些媽媽們的擔心及憂心，無時無刻都存在。在星座運行的宇宙中，有些不變的道理，比如從地球看，太陽一定從東方升起，西方落下。兩性之間也有類似的法則，比如女性是「接收」的能量，男性是「釋出」的能量，我可以了解在座母親，對於生活、孩子、先生……大大小小事情的擔憂，這樣的接收很容易把自己弄得鬱鬱寡歡。

在眾多紙牌占卜中，有副牌叫「天使牌」，天使牌中的每一張牌都是好的。因為這副牌是由神性角度去看人生，從神的角度去看，不幸也是幸，如果能夠把不幸當成幸，從垃圾中掏出金子，獲得學習與成長，壞事就成好事，日日就是好日。

人生往往不是一帆風順，逆境時安慰自己，只要去接受、面對、處理，一切都會過去，沒什麼大不了的，生活中所有的磨練，其實就是提供我們重新認識自己的機會。

親愛的，請把我的腳拿給我(1)

不是自己的腳，剛開始使用，還真是彆扭得很，
超級不習慣不說，使用上也是超級的心酸！
從來也沒想過，會有這麼一天，
我會跟我老婆說：「親愛的，請把我的腳拿給我！」
或是跟我兒子說：「大寶，請幫忙把爸爸的腳拿過來！」
真腳和假腳，最大的差別就是，
真腳畢竟是有血、有肉、有感覺，
裝上了義肢以後，沒血、沒肉、沒感覺，怎麼樣踢也不會痛。
然而，我唯一能做的選擇，
就是必須要想辦法，和我的「新朋友」和平共存。
說來容易，其實做起來困難多了！

有障礙空間

對正常人來說，一般的食、衣、住、行、育、樂等活動，行動很自在，甚少感覺到有什麼不便利，就算真有什麼不方便，也不會特別地去留心或是注意。自從我加入了「殘胞」行列之後，我才體會到另一種生活方式所帶來的不便。

這段時間以來，我常常有感而發：感覺整個大環境裡，並沒有真的提供很完善的無障礙空間，讓行動不便的朋友，可以跟肢體健全的人過一樣的生活。

殘胞生活上不便，常常需要假手他人，如果求助無門，除了苦不堪言，自尊心也常常受到傷害。

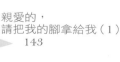

雖然我們想要讓自己站起來，讓自己更獨立，不想成為他人的負擔，但公共建設的缺失，以及現在社會的冷漠，讓我們不得不承認，我們仍屬於弱勢的一群。

舉個最簡單的例子來說，也是我個人的經驗：較具規模的餐廳、飯店、百貨公司等公共場所，都提供了殘障車位，這原是體貼身心障礙者的美意，但我卻常常在尋找殘障車位時，發現殘障車位都被停滿了，停好的車大部份都沒有殘障車牌，而且每次幾乎都是名車。

為求自己一時的便利，這些違規停在殘障車位的車主，甚至不在乎罰款，讓許多身心障礙者，拄著拐杖或坐著輪椅，在坑坑巴巴的路上步履蹣跚來回著，還必須驚險地在車陣中穿梭。這些事情常常讓人感嘆，其實對一般人而言，停得遠一點，頂多就是多走兩步路，時間上的損失也不大，但是同樣的路程對殘障朋友來說，真是痛苦又漫長。

有障礙電梯

另一個活生生的例子，就是捷運站裏的電梯及博愛座位。

對於行動不便的朋友們來說，捷運的電梯總是只設在遙遠的一端，並不像樓梯或手扶梯，每個出口都有，其實，就連手扶梯也都不是每個出入口都有，對殘胞來說，走樓梯不僅吃力，也危險。

試想，如果整個捷運站裡，在長長的列車的盡頭，只有一端有上下運輸的設施，不管你想在哪個出口出去，都得走到最遠最遠那邊搭到電梯，才能再折返到你的出口位置，這樣對正常人來說會有多累？對行動不便的乘客、老人家、推著娃娃車的媽媽們又會有多累？

如果不是坐輪椅、推娃娃車，而是像我一樣可以穿義肢行動的身心障礙者，搭不上電梯，還能選擇搭乘手扶梯或走樓梯。但是老實說，義肢沒有關節，通常感覺不到腿部和腳部用力的力道，重心不穩就容易跌倒，手扶梯甚至比樓梯更危險。因此，上下樓這件事，對我們來說，真的是件苦差事！

我不求走得快，只求走得穩，我記得剛開始使用義肢時，狀況挺差強人意的，經常差一點跌倒，我非常能體會使用電梯的迫切性。所以，如果真的有需要搭乘捷運的話，我只好仰賴電梯。

令人難過的是，使用電梯跟使用殘障車位是一樣悲慘的命運，每每走到電梯口，左等右等，好不容易電梯來了，門一打開，一眼望去，滿滿是人。如果電梯因為我最後一個進去而超載的話，我往往是那個得出去的人，而其他人好手好腳的，雙眼看著天花板、地板、或牆壁，我心想：為什麼這些人不能多點關懷與慈悲呢？多走兩步路，把電梯的空間讓出來給真正需要的人吧！

捷運及公車上面的博愛座，也是看盡人間冷暖的一個角落。其實大家都知道博愛座是提供給老弱婦孺，或行動不便者優先乘坐的座位，這些人需要在列車行進間坐下，有其安全上的考量與迫切性。然而，仍然時常看到疲倦的學生或上班族在博愛座位上閉目養神，好避開他人的目光。大家真該多付出些愛心，把博愛座讓出來給真正需要的人。

為身心障礙者發聲

正常人因為身體健康、反應靈敏，可以輕易地停車、輕易地坐電梯、輕易地上下捷運、甚至是在行進的車上輕易地維持平衡。這些看似簡單的事情，對行動不便者來說，卻是生活上的一大考驗（尤其是像我們這種初加入身障行列的新手）。

遙想一年以前，我也是個活蹦亂跳的正常人，從來沒用心留意過周遭環境帶給身心障礙朋友們這樣大的不便。現在，自己無預警地也成為一份子之後，才深刻地體會到那種無力感。

因此，我希望未來能透過我棉薄之力，替身心障礙朋友們發聲，真心希望可以讓大家都更懂得設身處地為人著想，在無障礙空間的設計上、在關懷身邊身心障礙者的品德上，都有提昇，讓彼此都能因為感受到他人的體貼，產生出一股溫暖的互動，助人者及受助者都因此有「更幸福」的感覺。

我很想推動一個叫做「一日殘障營」的活動，讓正常的人來參加一天的活動，每個活動都必須讓自己假裝成為殘障者，然後開始使用平常我們從不覺得不便的設施，來體會殘障者的感覺，讓大家「將心比心」，讓世界更多「溫暖和愛」。

超越自己

人與人總是會有很多的較量：較量頭腦、較量美麗、較量聰明、較量財富……，好像我們如果不在競爭當中，就會被淘汰，但是，真的是這樣嗎？

競爭應該是一種動力，一種良好的鞭策，幫助我們互相成長前進，如果競爭變成較量，一定要我贏你輸，一定要劇烈到你死我活，這樣的競爭，已經失去任何意義。可惜的是，這個世界的競爭最後都落於後者。

於是，愈有競爭力的人，愈是好強，愈是壓力大，然後身體不好、健康出現狀況，不僅要與人競爭，還要競爭時間、速度……哇，多不勝數，歸結到最後，這些競爭有什麼意義呢？

人人都想跑第一，跑到第一的風景是什麼？如果沿途的風景都比第一的風景好，為何不悠閒徜徉在路上的風景呢？我們可能都忙於競爭，而未曾料想：當我們汲汲營營，埋頭一窩瘋，其實就已經失去競爭力了。

有競爭就會有勝負，真正的競爭，其實在超越自己。

逆境就是機會

有些人是命運的寵兒，一直都在順境之中。一旦遇到逆境，就慌了手腳，不知如何面對。在我認識的朋友中，那些功成名就的總經理或董事長，大多都不是從順境中一路被捧上天的。

我們應該認知逆境就是機會。走過生命的關卡，才知道生命的可貴；辛苦的農民，才會懂白米飯的珍貴；赤腳走路的人，才知道鞋子的好處。如果遇到逆境，你願意勇敢面對，逆境就會像是一把會揀選主人的寶劍，選出強者，當主人的配劍。

當然，我必須承認，當天空烏雲密佈的時候，真的會很難

看到前方的希望與出口，病房中的病友，每一位都企盼窗外的陽光，也都會有心情沮喪、失意、難過的時候，這些都是磨難與考驗，需要更多的愛，讓烏雲消散，陽光出現。逆境來了千萬不要怕，想想風箏，總是在逆風時候起飛，我們的心應該學習風箏，把逆境當機會。

其實大多數的人，都只是被大環境的逆境給影響了，真正的個人逆境其實不多見。比如經濟蕭條影響是最大的，公司倒閉、員工受損。當大環境使得大家好像都受到了負面的影響時，若是在此時逆風而行，別人一直退，你就算前進不了，卻沒有退卻下來，那你就算是在前進了。更何況是當逆風止了，你若不斷前進，與後退的人就有差距了，他們要再追上你就更不容易了。

當逆境出現的時候，我希望大家都把它當成是一個機會，要忍過去、熬過去，拿出堅定的信心和勇氣，把黑暗的路照亮。

親愛的，請把我的腳拿給我(2)

裝了義肢以後，
首當其衝面臨的問題，
就是每天穿脫褲子和襪子這件事。
這是一個看似簡單，卻又相當費工的動作。

修改所有褲子

首先，我必須把我原本有的，以及後來新買的褲子，通通拿去修改。所有的褲子，舉凡西裝褲、運動褲、睡褲等等，全都得要在左小腿內側的位置，多加裝一個拉鍊，方便我每天可以拉開拉鍊，從側面穿脫義肢。

義肢其實都是金屬支架組合而成的，所以，在穿脫上很麻煩，再加上腳掌與小腿之間的角度是永遠的九十度，沒辦法像正常的腳掌一樣，壓平之後與小腿成一直線，好讓褲子可以脫下。

褲管內側安裝了拉鍊後，對我而言，就可以讓穿脫褲子這件事，處理得比較流暢。

原則上，所有的褲子，都可以比照這樣的方式處理，除了牛仔褲以外。由於牛仔褲本身材質太硬、太厚、又太緊，原本就不太方便穿脫，想要拆開褲管內側安裝拉鍊也有點難度。因此，自從裝了義肢之後，我已經鮮少有機會可以穿牛仔褲到處趴趴走！

穿脫襪子

穿脫襪子這件事也變得很奇怪。現在我固定一星期準備四雙同色系、同材質可以替換的襪子，為什麼是四雙不是七雙呢？

四雙襪子，等於左右各四隻，總共八隻襪子可以穿。義肢的腳，不是活的，沒有細胞新陳代謝，不會流汗發臭，所以，不像正常腳的襪子需要每天更換。

於是，我把四雙襪子拆成八隻來穿，其它七隻，就正好可以讓右腳一天換一隻地用一個星期，至於左腳的襪子，既不會臭、也不用吸汗，可以一襪到底，一星期更換一次即可。

每次出門，我都必需全副武裝，將鞋子和襪子穿得整整齊齊才行，就連要出去倒垃圾也不例外，因為左腳義肢的腳指頭無法分開，所以，沒辦法穿夾腳的人字拖鞋，就算是藍白拖鞋那種不用夾腳的款式，也因為腳掌不能彎曲而無法將拖鞋固定住。因此，不管是遛狗、倒垃圾還是去買報紙，都只得乖乖地將鞋襪穿好才能出門！

最怕蹲式馬桶

現在外出吃飯，我最怕對方選到那種又擠，空間又很小的餐廳，或是需要坐在矮板凳的熱炒店或薑母鴨等等。因為，我的義肢不容易彎曲，需要足夠的空間，將腿伸展開來。否則這一頓飯吃下來，累的不是說個不停的嘴，而是苦不堪言的腿！

餐廳的廁所，也是我的大考驗之一。我很少在餐廳上大號，除非腸胃痛或肚子不舒服，我尤其害怕蹲式的馬桶，因為義肢的腿不太能蹲，因此只有一條腿可以隨意彎曲，勉強蹲下之後的姿勢會不太穩，所以，很害怕一蹲下去，手為了保持平衡，不能繞到後面擦屁股，若是一個重心不穩，整個人就會狂跌至糞坑，爬都爬不起來，那可真是叫天天不應，叫地地不靈！

我還記得剛裝義肢的初期，有一次真的急著想要拉肚子，沒想到一開廁所門，看到一個蹲式馬桶，當場心就涼半截，但實在沒時間想其他辦法，只好拼了！

當時只能說是內憂外患，又急著想上廁所，又擔心自己會摔進糞坑，後來整個過程中，只好死命地拉著前方的衝水閥，心想：只有它能救我了！事後想想我那狼狽不堪的樣子，還真好笑，原本只有我自已知道，現在公諸於世了！真慘！

有了那次經驗，日後出外用餐，我都格外小心，除了慎選餐廳，對於廁所的要求也更嚴謹，一定要有坐式的馬桶才行。我可不想用完餐後，在廁所跌個狗吃屎，那樣就真的太過量了，哈哈！

異樣的眼光

生病這事件，讓很多人認識我，走在路上，常有人認出我來。有些人很靦腆，跟身邊的人小聲地談論；有些人很熱情，直爽地和我打招呼；有些人很溫暖，關心地詢問我最近身體好嗎？這些關心我的人讓我的生活充滿了祝福，我感恩在心！

然而，也有些人讓我覺得心裡不太舒服。我記得有次去吃火鍋，有人認出了我來，一直朝著我望。我心裡想：如果他們願意過來和我打個招呼、說說話或替我打打氣，就算是個陌生人，我也會感到相當的窩心。但沒想到，他們的孩子在我周圍，對著義肢不停的指指點點、嘻嘻哈哈，父母或長輩也高聲地談論著我的事情，彷彿我人不在現場。我心想：這不是孩子的錯，而是家長的錯。小孩不懂禮節，難道大人也不懂嗎？不好意思來跟我打招呼，也不該對著我的左腳品頭論足吧！

於是，我告訴了孩子我是誰，希望能獲得一點基本的尊重。沒想到，我的善意，換來的竟是更糟的下場。孩子把我當成了動物園的猴子般，變本加厲地圍著我胡鬧，開我義肢的玩笑，似乎等著看我走路或跳舞，家長也沒有要過來阻止或規勸的意思，搞得我很尷尬。

這讓我想到了康康曾說，他走在路上被人認出來，那人竟對康康說：「你是康康嘛！說個笑話來聽聽！」以前也有人看到我說：「你是星星王子，說個星座來聽吧！」這些要求都是挺無禮的，不過現在，我寧願有人這樣無禮的要我說星座，也不要他們用異樣眼光直接看我的腿！

還好這樣的事，目前碰到得並不多，大部份的人都在我出事前後，不斷給予祝福！我告訴自己：我已經很幸運了，只是少了一條腿，還能保住這條命，感受到身邊的祝福與愛，不幸失去生命的大有人在。

除了感恩、惜福，我不想讓關心我的人失望，日後我將以實際的行動，更加堅強地活下去，讓我人生的下半場，帶給更多人幸福與快樂！

人生總有瓶頸

遇到困難、想不出來、不想做下去……這些都是瓶頸。人生難免會碰到瓶頸，學生有學生的讀書瓶頸、藝術家有藝術家的創作瓶頸、企業有企業的發展瓶頸……甚至感情、人際……各階段，都有很多瓶頸會發生。

出現瓶頸的時候，我們就處於停滯的狀態。有時不是故意停滯，也不是不想去做，有時就是做不出來，也不確定自己能不能做好，或者是沒有心情、沒有能力去解決。

瓶頸發生時，不要緊張，先去做點別的事情，盡量不要讓悲觀的聲音消弱了自己的信心。我覺得瓶頸的發生，其實正是我們重新學習，以及面對自己的時候。毋需恐懼或驚慌，每個人都可能發生這樣的狀況，如果能利用這樣的機會，沉澱思索，找出新方向或方法，就會是成功的人。而失敗的人，往往就此放棄，不再前進。

瓶頸的發生，人人都有機會碰得到，不要著急，好像一定硬要怎麼樣。我建議大家先胡亂做點事：讓自己放鬆也好、閱讀也好、和別人聊天也好……，先讓自己放鬆，自我調侃一番，幽默一下自己，把糟糕的狀況突顯出來，一旦你發現最糟的狀況都可以去面對了，就可以找出問題，重新開始了。

追求內心的安定

追求內心安定，聽起來好像是宗教家才會說的話，我不是宗教家，也不想傳教布道，我只是覺得，內心安定，是一種社會安定的來源。怎麼說呢？走在路上，總是看見許多垃圾：菸蒂、塑膠袋、宣傳DM……我們一直希望國際社會能注意到我們國家的存在，但是，我想，這塊土地的人自己都不珍惜自己的土地了，別人怎麼會來愛你的土地呢？

其實，問題的最根本，就在每個人的內心啊！每個小問題都會變成大問題，大問題就變成大災難。

生病後，我有更深的體悟：這個社會，的確是缺少了一點對於「共同生活環境的尊重」，我們沒有尊重這個生存環境、更不尊重一起和我們使用這個環境的人。不在意人和環境的結果，就會變成任意去傷害。

我也會犯錯，不過，我絕對不闖紅燈、不闖單行道，就連半夜路上沒有車也不會這樣做。我常常想，如果每個人都覺得闖紅綠燈沒關係，甚至覺得闖單行道是小事，這樣為所欲為的心，不但可能造成自身安危，對別人的安全，也是不夠尊重的。

不要小看內心的安定，它是一切好的源頭。說穿了，小事情是大事，大事都是小事，凡事多替他人想，留一步，讓一步，相信你一定會憎恨減三分，快樂多三倍。

最近⋯（一）

很多事情是最近我才知道的，據說我昏迷的這十天當中，來探視我的親朋好友們，不只是「絡繹不絕」而已，簡直可用「前仆後繼」來形容，光是進加護病房探視所用的口罩，聽說就用掉了三百多個。

大概我本身就喜歡交朋友，又因看星座命盤的機會，廣結了不少的善緣。但是我沒想到居然有這麼多人在第一時間，這樣情義相挺，藉由這次無預警住院的機會，讓我更加感受到友情，社會處處溫馨的一面！

我的好哥們之一Tony，他要出國前，也就是在我出事的前一週，才和我通了電話，彼此在電話中口頭約定，過年的時候大家要好好聚一聚，一起吃個飯。誰知道他人還在國外，台灣同事看到電視上跑馬新聞趕緊通知他，遠在國外的他憂心不已。

Tony忍不住潰堤

Tony一回台灣，也不管自己才剛剛下飛機，丟了行李，第一時間就是直撲醫院。加護病房門口，聽說有很多探視的人馬，大家彼此可能認識可能不認識，但卻都是衝著我而來的。Tony長這麼大，從來沒進過加護病房，所以，第一次要進加護病房，心中甚是忐忑不安，左等右等，好不容易輪到他，一進去，被映入眼簾的情景嚇了一大跳，很多管子，很多機器，插在看起來非常虛弱的我身上，他立即濕了眼眶。旁邊一個不認識的人，也是我的朋友之一（歐腳亭的董事長鄭凱隆先生），大概是悲憤莫名，他邊指著我邊罵三字經：「×××，你不可以這樣，你怎麼可以這樣，你一定得好起來，×××！」Tony強忍心中悲傷，不發一語，默默退出病房。

出了病房，雅雅問他有沒有跟我講講話。Tony說沒有，只一直看著我。雅雅要Tony再進去一次，拍拍我，叫我的名字。那個時候，護士小姐剛跟雅雅說，我已經清醒了，只是鎮靜劑讓我仍然很昏沉，但如果稍微用力拍拍我，我還是會有感覺。雅雅認為，如果知道這麼多人在關心，我的求生的意志力一定會更強，復原得也會更好，因此她盡量讓更多的朋友進去看，進去跟我說說話。躺在病床上的我，雖然雙眼緊閉，但是，可以感覺到朋友的真心。

當Tony二度走進加護病房，再出來時，眼中滿是淚水。他跟雅雅說我躺在那裏，動也不動，看起來好慘。他問我到底怎麼了？說好了過年要一起吃飯的？不但飯沒吃成，人還躺在這裏……平常嘻嘻哈哈的大男生，再也忍不住心中不捨，當場決堤，嚎啕大哭了起來。

朋友義憤填膺

朋友濟成，也是在接到電話通知後，不敢置信地立刻衝到醫院來看我。說真的，他並不喜歡再進到加護病房，三年前，他唯一的三歲兒子，才因為一件公安事故而變成植物人，那段在加護病房中等待奇蹟的痛苦折磨，是他這些年來的噩夢。

和戴醫生討論了一下病情後，濟成非常不滿意整個就醫過程，以及醫院處理病人的態度。再加上戴醫師那天來北醫看我時，正逢假日，北醫對於他們認為的「心肌炎」說不出個所以然，態度也不夠積極。濟成與媒體朋友談及此事時義憤填膺，這一來，卻驚動了媒體。

濟成說，當時他匆匆趕到醫院，知道我的情形不太樂觀，又發現醫院的態度不夠積極，眼看著我的情形如此危急，醫院的冷酷相當令人不解。他與三立朋友談及狀況，晚間六點整點，三立新聞跑馬燈出現星星王子病危的消息，又獨家取得了雅雅的電話訪問，緊接著多家媒體跟進，第一時間湧入北醫，SNG（現場衛星連線）車團團包住了北醫的入口處。院方這才驚覺，不知病患是何方神聖？竟吸引了這麼多媒體記者，採訪的採訪，拍照的拍照，居然連SNG車都來了！

後來，我的經紀人Tina開玩笑的跟我說：「你知道你有多紅嗎？」剛從昏迷中醒來的我丈二金剛摸不著頭腦地猛搖頭，她接著說：「從你昏迷開始到現在，各家新聞台每節新聞一開頭就都是你的新聞！」現在想想，我開始當星星王子到現在將近十九年，上過的所有節目加起來的時間長度，恐怕都沒有這十多天來出現在螢光幕前來得多，最有趣的是，那些天我卻沒有發出過任何聲音、露過任何臉。

在大批友人及媒體的關注下，我們再度轉回了台大，兵荒馬亂之際，濟成回家抱來了一個將近有半個人高的狗狗大玩偶。由於他的小孩曾經出過事，小孩送進醫院時，他也是給孩子一個大大的狗狗玩偶，既可以抱，又可以躺在狗狗身上睡覺。濟成如法炮製，帶來了狗狗大玩偶，一方面讓病患不會覺得在醫院很孤單，另一方面讓陪伴病人的家屬或朋友，不論是心情低落，還是身體的勞累，總是有個可以擁抱、休息的角落！

過了探訪時間，病房外長廊冷冷清清，我還持續昏迷當中。狗狗大玩偶給了媽媽和雅雅，心慌意亂時一個溫暖的依靠。

雅雅的堅強

家人說，我要安裝「葉克膜」的那天，朋友Dennis匆匆趕到醫院，看看有沒有什麼可以幫上忙的。沒想到，人還沒走進醫院，就看到各家電視台多輛採訪車環繞在北醫門口，進去之後，碰到雅雅和其他認識或不認識的人，大家心情一樣緊繃和沉重。

轉往台大後，Dennis提著大包小包的花生湯、八寶粥罐頭來看我，他擔心雅雅和其他朋友們為了照顧我，沒時間吃飯，因此帶來了可以久放的點心，希望可以照顧到家屬和朋友的身體，這條陪病的路這麼漫長，家人的健康還是最重要的。

他和當天其他在場的朋友並不熟悉，所以靜靜坐在一旁，看看有沒有可以幫得上忙的地方。靜候之際，聽到了雅雅和我乾弟弟之間的對話，談到了醫藥費才得知我的投保都到期了，還來不及續保。

他告訴雅雅，如果有醫藥費相關的問題，一定要告訴他，但他一直沒接到任何需要幫忙的電話，雅雅年輕，我又病得這麼重，兩個孩子又還小，真是難為！發生了這麼大的事情，生命危在旦夕，突然之間，一切都是這麼地沉重。我醒來後，他告訴我，雅雅真堅強，所有事情一肩扛起，換成了別人，可能又哭又怨吧！

阿郎發動募款

一直到我真的自己出了事之後，我才發現：原來我平常的人緣及形象還真不錯！演藝圈還真的是有情有義，挺有人情味的！阿郎在第一時間，接到詠華在電話中告知我住院的消息，瞭解我的病情不太樂觀，更糟的是，沒有保險。熱心的她，立刻開始傳簡訊給一些圈內朋友，希望大家可以有錢出錢、有力出力，幫我一起渡過這個難關。

簡訊發出後，有天晚上半夜，阿郎接到方芳姊遠從美國打電話來：「收到簡訊了，但是完全不認識星星王子這個人！」緊接著又說：「不過，雖然我不認識他，但既然已經知道了這個消息，我還是願意幫忙，錢的多少不是最重要的，最重要的是做了沒有！」除了方芳姊打給阿郎之外，大小S、曾國城、七福傳播的廖姊，也都主動打電話來關心。另外，在慈濟大愛拍戲的孟庭麗，也發動了整個劇組的力量，大家一起共襄盛舉，這些來自四面八方的好朋友們，都在我最困難的時候伸出了援手！

還有許多圈內的朋友，也都在第一時間立即伸出援手，當然不乏大哥大姊級的，包括：小燕姊、瓜哥、康康、從從、阿輝、奇哥的陶爸、篤霖、靜純、小郭、薛哥、歪哥、冠群、沈時華沈姊、傅娟、陳鴻，陳復明陳老師、小琥、介安、雨揚、譚秀珠老師、李建復大哥、花繼忠花哥、周錫瑋縣長、凱倫哥、李雅媛等等。還有許多我不知道的朋友……協助我的朋友，實在是太多了，我只能再三感謝。說真的，我真不知道我這殘破的身軀，能為這些為我付出的朋友們做什麼，但是不管是什麼，請務必告訴我，這也許是我僅能做的報答了。

因病而友

我和李姊其實像是這地球上的兩條平行線，怎麼樣也想不出來，和她之間竟會因為我的緊急送醫、生命瞬間凍結、從鬼門關找回生命……等種種因緣，讓我和李姊的生命有了交集。

李姊和名節目主持人，本身也是藝人的孫鵬是好朋友，想當然爾，和夫人狄鶯也是交情匪淺。人生的奇妙之處，也就在於你永遠不知道下一秒鐘會發生什麼事、遇到什麼人。我幸運的撿回一條命，出院後接到來自各方的通告，就在一次上了狄鶯的節目後，種下了日後和李姊成為朋友的一個種子。

當時我在節目中侃侃而談，談這一路來的心路歷程，生病前生病後對人生所抱持的想法。李姊剛好看到了這一集，對我這個素昧平生、起死回生的星星王子產生了興趣。經過狄鶯的牽線，我們成為了朋友，她告訴了我，她看到節目的當下，雖然不認識我，但是就莫名的對我產生了好感，我們就這樣因病而友。李姊說我對事情的分析，犀利但中肯，不偏頗、又實在，很值得信任，我和李姊在短短的時間內建立了良好的友誼。

李姊常說，人生在世，總有高低起伏，在高處時，要虛心以對，不可得意忘形，在高處所要面臨的，就是隨時有下來的準備。在低處也不要過分沮喪，因為反正已經在低點了。如果選擇怨天尤人，不如選擇好好地準備好自己，等待下一個機會的來臨，機會，永遠都是留給準備好的人！

李姊除了經營旅行社外，也從事房地產，後來她有個房子遲遲賣不出去，就問問我，我幫她看了一下，給了她一個幸運物，跟她說絕對賣得掉，而且很快會成交，她聽了半信半疑，但是說也奇怪，就在李姊問了我之後的一、二天，房子便順利地賣掉了。

心的力量

你相不相信心的力量？

願不願意接受心的力量？

心，的確是有強大力量的。日本科學家做了一個實驗：在神戶大地震後舀了當地的水，用儀器探測水的結構，發現大地震後水的結構受污染而失去了原有的完整性，呈現支離破碎狀態。於是邀請大家同一時間，針對大地震後的水進行祈福，不可思議的是，水竟然恢復原先完美對稱的結構了。

心的力量，從宇宙角度來看，是生物能量的另一種極致。

心的力量是存在的，但是要去挖掘心中「善」的意念，唯有深入善的意念，才能發現力量所帶來的內心喜悅。

很多人隨著年紀愈長，愈會走偏，只追逐金錢、權力、地位、性欲……其實，這些都是人性中經常出現的事，不需要去譴責或是合理化解釋，只需要去了解，去體會這些需求適不適度？是帶來喜悅與滿足？還是空虛與失落？

我常常發現：囤積物品的人，永遠無法了解空間感的流暢與舒適；追逐名利的人，永遠無法享受簡單的喜悅和滿足，我們的心很容易被遮掩，只有非常自在時，才能探尋到。我鼓勵大家去探尋心的力量，然後去發揮心的力量，選擇「善的意念」，為自己找到幸福。

野花野草，生命力非常旺盛，其實心也一樣，愈是簡單不複雜，愈是單純，力量就會愈強。

只有感恩

我想，每個人的人生旅途上，一定都遇到過提攜自己、幫助過自己的貴人。我也不例外：當初郭巍老師帶我走進錄音師專業，然後鄭怡請我到中國廣播公司開星座單元，然後我成為星座專家。這一路上，幫助我的人很多，我只有感恩。

在我生病這段時間，我要感謝很多人。當時我沒法一一回應，現在，我希望可以一一道謝。我沒有在這裡說出來，是因為我想親自道謝。

我相信，人間有愛是最美好的一件事。當我在加護病房，得知有這樣多的人為我打氣加油，我心中只有一個想法：希望自己趕快好，再讓自己去做更多好事來報答大家給我的關心及祝福。我想，設身處地替別人著想，任何時候都是必要的。

感謝這些曾經幫助過我的人，也感謝老天給我一段重新啟動的人生。因為生命，我重新看見自己，也逐漸明白這樣的道理：

不需要害怕挫折、痛苦，因為它只是幸福的一小站。

不需要擔心快樂、幸福不長久，哪怕它只是人生的一瞬間。

最近…（二）

最近睡覺前，我會故意用左腿的殘肢末端去輕磨床墊，因為末稍神經還能讓我感覺到：彷佛我的左腳還存在。我喜歡這樣小小的欺騙自己一下，讓我感覺我的左腳還健在，只是這樣的感覺，就可以讓我帶著滿足的微笑入眠！

在最壞的情況下做好準備

截肢半年後，天氣開始熱了，我躺在床上正準備睡了，突然秀出我的右大腿給雅雅看：「妳看！我右腿的肌肉變成正方形了耶！」我的右腿從來沒有像現在那麼強健過，相較之下，我左腿的殘肢卻漸漸地萎縮了。

截肢之後，我其實很快就讓自己穿戴義肢，站起來走動了。義肢公司的Dr.葉嚇了一跳說：「沒有人像你這樣才第一次穿義肢，就敢放開雙手開始走了！」我靦腆的笑著說，我早就在準備了。

這是真的，當我還在醫院可以用助步器行動時，我就在準備了。當我用雙手支撐助步器時，假裝我的左腿還能正常行走，所以當右腳離開地面時，雙手支撐著助步器，讓我能迅速替代左腿的位置，好像是左腳正著實地向前邁步。我在最壞的狀況下做好準備，讓未來的狀況變的更好。

我突然希望，將來孩子們會以我這次勇敢歷劫而感到驕傲，以有我這樣的父親為榮，我雖然只有一條腿，卻一直是個不畏不懼的父親。

能當把拔真好

我有兩個孩子：大寶和小寶。大寶小時候幾乎是趴在我胸前側睡大的，也因為這樣，他有個很漂亮的頭型，而小寶是一出生就請高雄的岳母帶大，他睡覺時不太會翻身，於是睡出了一個扁頭。由於我的身體狀況實在沒有能力帶二個小孩，太太雅雅白天也需要上班，因此小寶到目前為止，都還是請高雄的岳母帶，偶爾從高雄帶上來台北和我們歡聚，每次再看到他，就感覺他又長大了些。

我的兩個孩子都是看時間生的，我自己鑽研星座命理，只要是我看的時間生的小孩，家長回應都說非常好帶，小寶自然也不例外。事實上，小寶就是餓了吃、累了睡、醒來就開開心心，喜歡跟長輩咿咿呀呀，很得長輩緣份的小孩，比起哥哥來，小寶的外型要來得威武雄壯。滿一歲半的這次，他學會了清清楚楚地叫「把拔」，從一起床看到我開始，就一直叫「把拔、把拔」。

起初我只是覺得他是學著叫，而他每叫一次「把拔」，我就會應一次，他開始一直叫一直叫，後來我發現：他叫我的時候，是希望我陪在他旁邊。

那天，他走到我身旁，我坐在書桌前寫稿，他抓著我的右手食指，往大寶的遊戲間去，到了那邊，他放下我的手指開始玩玩具，我只要離開了那裡，他就會一直叫「把拔」，然後再將我牽回去，好像是要我看著他玩，果然他就是這個意思。

當小寶又再牽著我進遊戲間時，我陪他玩了一會兒，然後悄悄回到書桌旁。我心裡感到真幸福：不論是聽著他還是大寶叫「把拔」，都讓我感到幸福，被他們需要真好。

我慶幸自己沒有死去，而且能夠看著他們一點一滴的長大，也許這也是我被留下來的其中一個原因吧！還好我能活下來，還好我能做「把拔」，我想說：做「把拔」真好！

大男人都怕痛

其實很多朋友在我生病後遇到我，都沒敢向我多說當時他們的感觸，後來看我一切都似乎正常了，也好像跟以前沒兩樣了，才敢跟我說一些事。

有個朋友到台大加護病房看我，他莫名其妙在非探病時間、沒人攔阻的情況下走進去，看到我躺在病床上，週圍滿是儀器，眼中所見只能用「怵目驚心」四個字來形容。他看到我的左小腿被切開、肌肉組織壞死、鮮紅的肉綻露出來……他嚇壞了！驚訝的說不出話，只是默默走出了加護病房。後來我跟他說，那只是其中一個傷口而已，我的左腿上有好幾道長長的傷口。聽完我說的，他更「心驚」！還有一些朋友聽完我換藥的過程與狀況，臉上會出現感同身受的扭曲表情，這真的很有趣，男人看來好像硬漢，但是大多數的男人其實是鐵漢柔情，而且很怕痛。

其實男人很少有機會能夠經歷重大的疼痛感，要說承受重大的疼痛感，女人是厲害得多了。如果疼痛可以分一級到十級的程度，生產屬於九級痛，而最痛的是癌症所造成的疼痛，我在接受換藥時的痛楚，可以說也差不多是九級程度的痛了。

截肢手術後，醫護人員會定時檢驗、培養細菌，以便找出對抗細菌的抗生素。一天有24小時，剛開始有將近15、16個小時，我都是處於注射狀況的。光是抗生素，就曾經一天要注射三種不同抗生素的紀錄，幾天後我就開始過敏了：皮膚起了紅疹，並且發癢。

因為是長期臥床，又因為身上有大傷口不能洗澡，對我來說已經很不舒服了。再加上使用抗生素而出現了發癢症狀，然後人造皮床墊的不透氣又讓我過敏。發癢、過敏雙管齊下，整個人的不舒服愈發劇烈。那種癢的感覺真糟，會讓人抓個不停，有好幾次都是睡前開始癢，已經很累了，又癢得睡不著，有幾次是吃了過敏藥及鎮定劑後才能安睡。

有一次實在癢得受不了，護士說如果要止癢得打針，不過會非常痛。我想已經癢到不行，多痛都沒關係，就打吧！護士半信半疑地再問：真的很痛，她不斷強調「痛」這個字眼，我卻已經癢到什麼也聽不下去。

沒想到那一針注射進去後，眼淚就快要飆下來了，好像有個小炸彈從身體裡爆開一樣，注射的傷口一直痛，直到睡著了才沒感覺，那次以後，不管我再怎麼癢，都不敢再打針了。

其實到現在，我的左腿還是會痛，但是會痛的部位已經不存在了，會痛比會癢好，有時不存在的部位癢了起來最感悲傷，因為痛可以忍，癢卻得要去抓抓才行，可是不存在的部位，要怎麼抓才能止癢？想到這些，不僅無奈也很悲傷。

２００７年的開春，老天爺跟我開了一個大玩笑：生命垂危、碰到醫療疏失、幸運撿回生命、卻又截去一條腿……

２００７年開春，我不怨老天爺跟我開的玩笑，因為我發現朋友情意相挺、妻子堅強、病後結交更多朋友，我感謝，感謝老天爺給了我一個全新的自己，以及全新的人生！

不忘初衷

我們有時候會處於一種矛盾之中，不曉得該怎麼選擇、該怎麼去做、該怎麼面對。這種情況發生都是難免的。我們愈成長、環境愈複雜、思考角度愈多、愈不容易做判斷，星座命理有時候幫我們提供了一個思考方向，但還是需要自己把路走出來。

如果可以不忘初衷，就可以讓自己不迷失，照著自己的目標與方向走。我常常說，你無法選擇什麼時候生，也不需要選擇什麼時候死，只要選擇：自己要過怎麼樣的生活？

有時候「不選擇」也是好的選擇。有時候不必選擇最好的，「選擇最適合自己的」就是好的選擇。有時候別無選擇，只有聽天由命的時候，只要不忘初衷，最後總會往自己期望的方向走。有時別忘了回頭看看，看你的人生走出了什麼樣的路，回頭看這條來時路，再往前看未來的路，你會發現：選擇，是很重要的。因此，一定要選一條最對得起自己，在不傷害人的情況下，自己最想要走的路。選了，就不忘初衷地向前行，不好就再修正，別停下來埋怨自己，那是沒有用的。

世界上沒有什麼是真正的阻礙，真正阻礙的，只有自己的心。與其詛咒、抱怨、不如點燃心中那根蠟燭，不忘初衷，一直走下去。

邁向更好的人生

有人說人生是一場永無止息的挑戰，我會說：人生是一場永無止境的學習。每次碰到的困難都是一回學習，學不會就脫離不了，一直到學會以後。更好玩的是，你對自己愈寬容，人生就會對你愈嚴格；你對自己愈嚴格，人生就會對你愈寬容。

怎麼說呢？比如有些人喜歡美食，大吃特吃，放任自己沉溺在美食天地，愈對自己寬容，肥胖無法制止，身體負擔愈沉重。中國人講中庸之道，是非常有道理的。什麼事情，過與不及都不好。

另一面來看，如果你對自己嚴格，什麼事情都提早想、提早做，當事情發生時，就能提早應變。果然是愈對自己要求嚴格，生命就愈對你寬容。但是儘管如此，生命中的變化球，有時候是提早準備都準備不來的。

這時候只有調整好自己的心情，好好的面對挑戰，好好的學習一回。學會了，便可以跨越障礙，出入無礙。

唯有透過學習，我們才能不斷成長，邁向自己更好的人生。

跋

這不是一件讓人愉快的事；
不論是什麼時候想起這件事發生的狀況及處境；
不論是與當初就在一旁協助，
或是在任何地方關心的所有人事後討論起這件事；
不論是面對因為這件事的發生而造成的任何生活上的改變；
不論是事後去面對任何事前所去過的任何地方。

感謝所有在我病危的時候，沒有放棄我的朋友們，
你們不僅讓我更快的站起來，也讓我太太及家人們能夠放心，
我無法一一列出各位的名字，但是我希望您們知道，
我沒齒難忘，
我也會讓我的孩子們牢牢記住各位的恩德。

未來有任何我能做的事，請告訴我，我會盡力去做的。

同時也感謝所有關心過我們的人，
希望大家都能珍惜愛你的人及你的生命，
更祝福所有人：
身體健康。

星星王子：
我的左腳

作者 / 星星王子
編輯主任 / 陳美萍
美術設計 / 席琳・Zhong
企劃行銷 / 王怡玲
內頁插圖 / 郭蕙芳、張振松
封面攝影 / 採興工作室 張小聰

董事長・發行人 / 孫思照
總經理 / 莫昭平
營運長 / 黃秀錦
副營運長 / 蕭芳祥
編輯總監 / 呂宗熹
業務總監 / 羅斌文

出版者 / 時報數位傳播股份有限公司
發行地址 / 108台北市大理街132號
聯絡地址 / 108台北市和平西路三段240號5樓
總經銷 / 時報文化出版企業股份有限公司
讀者服務專線 / 0800-231-705
時報數位官網 / www.onmyown.tw
電子信箱 / onmyown@readingtimes.com.tw
印刷 / 詠豐彩色印刷股份有限公司
初版一刷 / 2008年4月28日
定價 / 280元

國家圖書館出版品預行編目資料

星星王子：我的左腳／ 星星王子. 作
- 初版. - 臺北市 ： 時報數位傳播,
2008.04
面 ； 公分
ISBN 978-986-82910-6-5 (平裝)

783.3886　　97007213

Printed in Taiwan
ISBN 978-98610-6-5